JN006966

家族、捨ててもいいですか？

一緒に生きていく人は自分で決める

小林エリコ

大和書房

はじめに

この世の中に一つとして同じ家族は存在しない。

そして、この世の中にある不幸にも、一つとして同じ不幸は存在しない。

私は自分が育った家族を「幸せな家族」だとは思っていないが、不幸ばかりだったとも思わない。そういったアンビバレントな思いを持ちながら、自分の育った家族について考える。それは、まるで遠い故郷を思い出す気持ちととてもよく似ている。

「個人的なことは社会的なことである」というフェミニズムの言葉があるが、私の家族は小さな国家だったと思う。力のあるものが暴利を貪(むさぼ)り、それ以外のものは従うのみである。それでも、そこにはどこかに愛があった。

日曜日になると、父は朝から酒を飲んでいたが、友だちがいない私を誘って、競輪場に連れて行ってくれた。子どもが行く場所ではないが、私は十分楽しかった。父に手をひかれ、競輪場の入り口でもらった「たべっ子どうぶつ」を大事に抱え、赤い色鉛筆を手にしてレースの予想をする父を眺める。私が飽きてくると、父はおでんやおはぎなんかを買ってきて、食べさせてくれる。その後は決まって居酒屋に行き、コーラを飲みながら父と映画の話をした。父の話は面白かったし、ちょくちょくお小遣いをくれるのも嬉しかった。

母は父から暴力を受けていたせいか、あまり笑わず物静かであったが、毎日の家事を文句も言わずこなしていた。休みの日には、パンの耳を油で揚げて砂糖をまぶしたお菓子を作ってくれて、私はそれが大好きだった。

しかし、夜中に帰宅した父から殴られたときは「エリちゃん、お母さん離婚していい?」と泣きそうな顔で私に聞いたこともあった。普段は「いい加減、離婚しなよ」と冷めた顔つきで言っていた私だが、「離婚しちゃヤダ」と泣いた。いざ離婚が目の前に現れたときは、この生活が終わるのが怖くなってしまったのだ。それから母は何十年間も我慢を続け、六十歳を過ぎてからやっと離婚をした。

兄とは一緒にファミコンで遊んだりしたし、バイトの給料で文房具を買ってもらったこともあるが、父の暴力を見て育ったせいか、弱いものには力を振るってもいいと学習してしまい、家族の中で一番弱い存在である私に暴力を振るった。時々、何の理由もないのに私のことを激しく殴打し、冬の日に裸足のまま家の外に出したこともある。最初の頃は泣いて家のドアの前に立っていたが、誰も助けてくれないので、家の前の公園で一人、ブランコを漕いでいた。涙が乾き、星がきらめく夜空の下、自分はなんてかわいそうなのだろうという甘い自己憐憫に浸っていたら、父が団地の階段を駆け下りて、私を探しに来てくれた。そのときの父は神様のようだと思ったけれど、助けに来てくれたのは一回きりだった。

いろいろな出来事を経て、私たち家族は二十年にも及ぶ長い時間を一緒に過ごした。

しかし、あれからずいぶん経ち、父とは十年以上会っておらず、連絡先も知らないままになり、兄とも同じくらい会っていない。母とはたまに連絡をとるが、年に一回、会うかどうかだ。

私たち家族は完全に壊れてしまった。

でも、それが悲しいことだとは思わない。無理をして家族を演じ続ける方が不幸なのではないだろうか。

そんな私たち家族に誇れる点があるとすれば、この家族は唯一無二の存在だということだ。私たちと同じ歩みをした家族は他にない。

この悲しくも愛おしい家族の歴史が誰かの胸に足跡を残してくれたら、それに勝る幸せはない。

家族、捨ててもいいですか？　もくじ

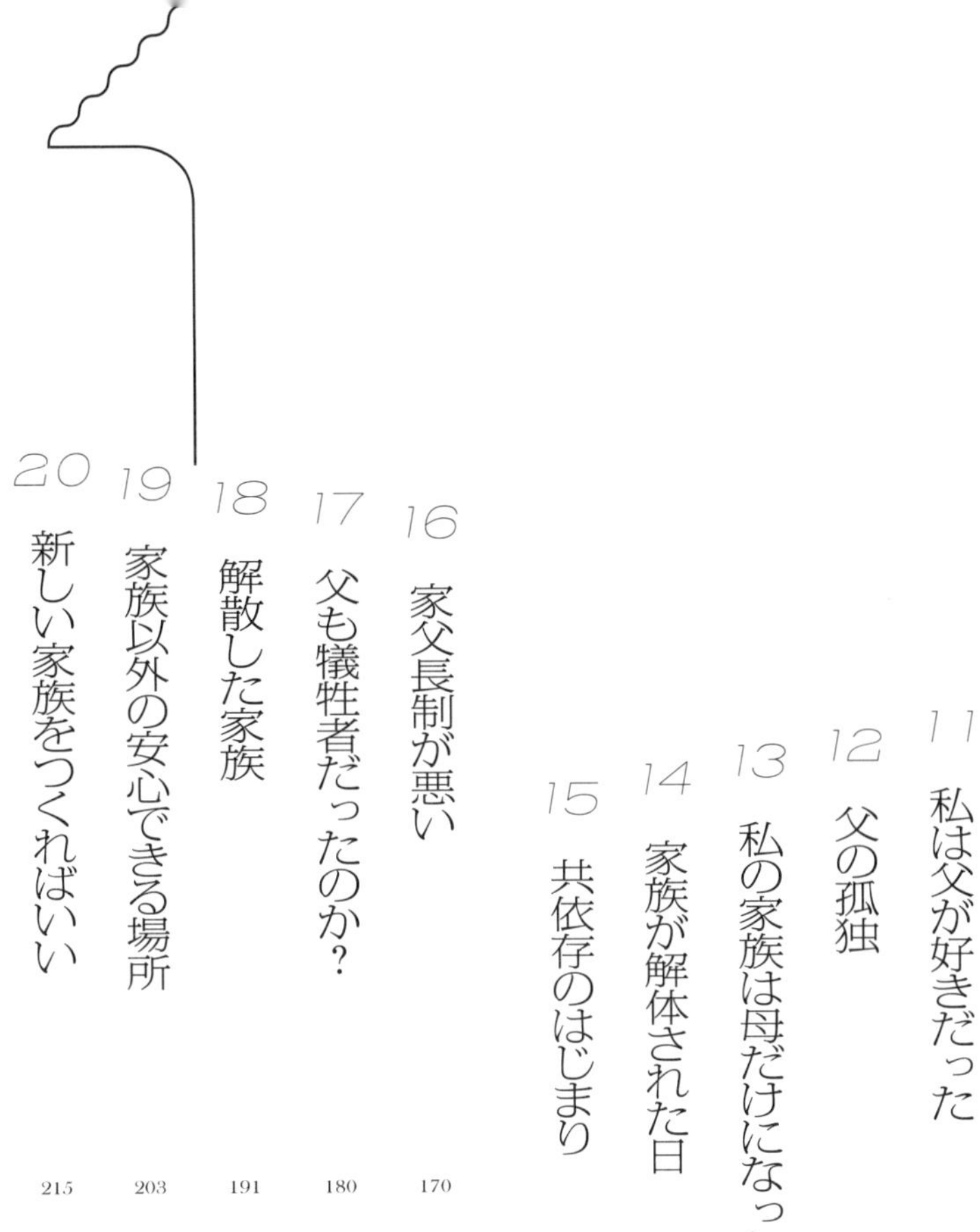

01

父に着信拒否された⁉

指先が震えるのを感じながら、スマホに父の携帯番号をタップする。ドキドキしながらスマホを耳に当てるのだが、なんの音もしない。はて、どうしたのだろう。今度は落ち着いて、番号を間違えないように慎重にタップした。再度スマホを耳に当てるのだが、やはりなんの音も聞こえない。話し中ならツーツーと音がするだろうし、留守番電話の音声も聞こえない。なんの音もしないというのはどういう現象なのだろう。

パソコンを立ち上げて「携帯電話」「かけても鳴らない」と検索ワードを打ち込む。原因として考えられるのは、通話状態が悪い、スマホの故障、着信拒否。最後の着信拒否のワードを見た途端、ハッとして胸がズシンと重くなる。

「マジかよ」

思わずポロリと口にする。考えられなくもない、父ならやりかねない。

01 父に着信拒否された!?

三年前、父が住んでいる叔母の家に電話をしたとき、叔母と口論になった。父と久しぶりに話がしたいと電話に出た叔母に伝えると、叔母は「何年間も連絡をしてこなかったのに、何の用？」と訝(いぶか)しげに私に言ってきたのだ。

「お父さんと話がしたい」

と言うとしばらく受話器をおいてから、叔母が再度電話に出た。

「お父さんは電話に出たくないって言ってる」

私はびっくりして、頼むから父を出してくれとお願いしたが、また、時間をおいて叔母が出て、やはり父は出たくないと言っていると伝えてきた。

私は、母から父が倒れたと聞いて、父の様子が不安で電話をしたのだ。

「お父さんが倒れたって聞いて、もしかしたら、死んじゃうかもしれないのかなって」

軽い気持ちで、「死」という言葉を口にすると、叔母の声色は一気に変わった。

「死ぬですって！　とんでもない！」

ババババと早口で私が悪人であるかのようなことをまくし立てる叔母は、どうやら私が父の遺産を狙っていると思ったようだ。父にお金なんか大してないだろうし、今さら別に欲しいとも思わない。誤解を解こうとして「もう何年もお父さんと会っていないし、死んだら会えないから久しぶりに声が聞きたい」と言うのだが、むしろ叔母の疑念を増幅させる言葉にしか聞こえないのが皮肉だ。

叔母は「お父さんが死んでも、エリちゃんには絶対に伝えないから！」と言って電話をガチャンと切った。

私は娘なのに父が死んでも教えてすらもらえないのか。イライラして、そばにいた母に状況を告げた。お正月なので私は母のいる実家に帰ってきていた。私の両親は年をとってから別居していて、実家には母しかない。母は居心地が悪そうに黙っていた。

その年の夏休み、私は台湾に行くことにして、パスポートを取り直すことにした。戸籍謄本が必要らしく、市役所に行って手続きをすませる。届いた戸籍謄本をみると、母が除籍されていた。知らない間に父と母は離婚していたのだ。あとで母に聞いたら、私が父に代わってくれと叔母と話していたとき、父と母は離婚調停中だったらしい。

「ああ、もうなんなんだよ。うちの家族」

一人で頭を抱えてうずくまる。一人暮らしのアパートで頬杖をつきながら、深くため息をつく。私の家族はぶっ壊れながらも、なんとか家族の形を保っていたが、両親の離婚によって本当に壊れてしまった。

私も大人なので、両親の離婚に対して、悲しいとか不幸だなどとは思わないが、流石にショックだ。父が最悪な人物なのは昔から知っていたし、それで母が苦労を重ねてきたのも分かるのだが、籍を抜かないということは、まだ少し愛情があるのではないかと思っていたのだ。それが、離婚という事実により、なくなったことが悲しかった。

母は北海道の生まれだ。商業高校を出て、集団就職で東京に出てきて、デパートの販売員をしていたときに父と出会った。母から言わせると父は「変な人」だったそうで、デートで喫茶店に入ってもコーヒーを頼まず、アイスミルクを頼んだ。映画狂だった父は母を随分映画に誘ったらしい。銀座で映画を観て、ガード下で酒を飲む。母は父とデートを重ねていたが、ある日家族の事情があって、北海道に帰ってしまった。父はそんな母を北海道まで追いかけた。何度もすがる父の姿を見て、母は折れて結婚を決意した。

「今、思うと、ストーカーよね〜」

母はコタツに入り、お茶を飲みながらぼんやりつぶやく。情熱的なのか、狂気なのかわからない父の愛情。母が戸棚にしまった結婚指輪を見せてくれた。プラチナの指輪は長年経っても輝きが色褪せない。

「捨てようかと思ったけど、これ、いいものなのよね」

そう言って母は指輪の刻印を見せてくれた。

私はアクセサリーのブランドについてまったく知らないので、その刻印がどこのお店のものかわからない。指輪を手にして眺めながら、母と話を続ける。私はずっと精神疾患があって母と仲があまり良くなかったが、働き始めて病気が良くなってからは、母と良い距離が保てるようになった。年末年始に実家に帰ると、だいたい父の話になる。本当に父はダメな男で、文句を言いはじめると二人して止まらなくなる。


父は大変な酒飲みだった。朝はきちんと出勤するが、夜はいつも飲んで遅く帰ってきていた。玄関のチャイムがビーッと鳴る。あまりに鳴り続けるので、何事だろうと母と一緒に玄関に向かうと、酔った父が肩をチャイムに押し当てて顔を真っ赤にしてうな垂れている。

「ボクちゃんが帰ってきました」

父はベロンベロンになりながら、そんなことを言う。母は呆れながらも父を家の中に回収する。そして水を飲ませてやり、布団に運ぶ。こんなことは日常茶飯事だった。雨の日には水溜りに倒れ込んでいるのを兄が発見したこともある。


意識があったまま帰ってくることもあるが、そういうときの方が地獄だった。父は自分で背広を決して脱がず、母に脱がしてもらう。そうして、夕ご飯の席につき、おかずをつまみに酒を飲みはじめる。機嫌がよければいいが、ちょっとしたことで母と喧嘩になると、本気で怒り、食卓を蹴っ飛ばして、怒鳴る。宙を舞い、床に落ちる卵焼きや野菜炒めが不憫でならない。私と母はそれらをふきんやティッシュで拾ってゴミ箱に捨てた。

「誰のおかげで飯が食えてると思っているんだ！　俺のおかげだぞ！」

父の決め台詞はいつもこれだった。それを言われると子どもの私は何も言えないし、収入の大半を父に頼っている母も同じだっただろう。父はそんな暴言を吐くが、私にこうやって聞いてくることがあった。

「エリコはお父さんが好きか」

私は「酔っていないお父さんは好き」と答えた。それは本当のことだった。

自分も大人になって酒を飲むことが増えて、父の気持ちを考えることがある。私が酒を飲むのは、ストレス解消もあるが、心が寂しくて悲しいときが多い。

私は酒を口にしながら、「お父さんのことは好きか？」と問うてくる父を思い出す。父は不安だったのだろうか。子どもが親のことを嫌いになるのは難しいけれど、何度も聞いてくる父を思うと、父の心には何か深い闇があったのではないかと考えてしまう。


思えば、父の出自も不明な点が多い。私は父の出身地をはっきり知らない。広島にいたと聞いたことがあるが、戸籍は渋谷なのだ。そして、私の家には白黒の古いお婆さんの写真が飾られていた。この人は父方の祖父の母、つまり私にとっての曽祖母なのだが、なぜ、夫である曽祖父の写真がないのか謎だった。大人になってから母に聞いたのだが、曽祖母はさる人物の愛人だったそうだ。夫である曽祖父の写真がないのはそのためだろうと思われる。

そして、その息子である祖父は六十代という若さで亡くなった。祖父と祖母は遠い親戚だったらしく、祖父の写真を見た祖母が恋い焦がれてしまい、無理やり結婚したそうだ。しかし、結婚した後、祖父は戦争に行ってしまい、シベリアに抑留された。その間、祖母はホステスとして働いて父と叔母を育てた。祖母が若いときの写真を見たことがあるが着物を着てシャンと背筋を伸ばし、化粧をして、たいそう綺麗だった。そして、祖母の肩を抱いて写真にうつっている男性の方はスーツの肩だけを残してバッサリと切り取られていた。

父と父の妹である叔母は、幼い頃寂しい思いをしたらしい。夜になってしまうと母親が仕事に行ってしまうので、たった二人きりで過ごしていたそうだ。父は広島のさとうきび畑でさとうきびを齧（かじ）りながら、寂しさと飢えに耐えていた。

父はもしかしたら、まだ、幼い頃の傷が癒えていないのかもしれない。夫以外の男性に肩を抱かれる母を思い、心が虚しく空っぽになっていたのではないだろうか。それを思うと、父が私に何度も「お父さんのことは好きか?」と尋ねるのは少しも不思議ではない。父は未だに愛情に飢えている。だから、たくさんの女と浮気をしてきたのかもしれない。だからといって、浮気が許されるとは思わない。しかし、私は父のことを考えるとき、ブラックホールのように口を開けた父の孤独を想うのだ。

父の映画教育

土曜日の朝はいつも遅い。一人で暮らしているので、誰にも気兼ねすることなく寝坊ができる。一度、目を覚ましたが、そのまま二度寝した。寝ているときはとても幸せだ。ようやく起きると朝十時を回っていた。のろのろと風呂場に行き、シャワーを浴びる。今日は友だちの子どもと『スパイダーマン』の新作映画を観に行くことになっている。

洗濯機を回しながら朝の情報番組を眺めていると、コーヒーメーカーから挽きたてのコーヒーの香りが漂い、吸い込むととても幸せな気持ちになる。コーヒーをすすりながら昨日の夜に買っておいたクロワッサンを温めて食べる。テレビでは新作映画の紹介をやっていて、映画が好きな私は意識を集中して見ていた。洗濯機が止まり、ピーッと洗濯終了の知らせを告げる。私はカゴに洗い立ての洗濯物を放り込み、ベランダに出て干し始める。家族がいない生活は平和だ。もう随分と誰とも怒鳴りあっていない気がする。

着替えて化粧をしてアパートを出る。友だちの家まで子どもを迎えに行くと、もう家の外で私のことを待っていた。スパイダーマンが大好きなチー君はスパイダーマンの帽子にスパイダーマンのシャツにスパイダーマンの靴という出で立ちで、バッグにはスパイダーマンのキーホルダーが揺れている。私はフフフと笑いながら駆け寄る。チー君の小さな手を握りながら映画館に向かう。私も子どもの頃、父親と映画館によく行っていたのを思い出す。しかし、私の父は、子どもの観たい映画を観るのではなく、自分の観たい映画を子どもに観せていた。私の父親はいつだって自分勝手だった。

「おお！『七人の侍』再上映だぞ！」

父は手に持っていた「ビッグコミックスピリッツ」を私に見せてきた。荒々しい線で侍たちの姿が描かれ、見開きで黒澤明の名作の再上映をうたっていた。しかし、私はまだ小学生だったので、黒澤明の偉大さも『七人の侍』も分からない。

「エリコ、一緒に行こうな。朝の六時には家を出るぞ！」

父は私の日曜の予定を勝手に決めた。しかし、私は友だちのいない子どもだったので、用事ができることは嬉しかった。父は家族の中で私のことが特別好きだったと思う。兄を映画に誘うこともしなかったし、母を誘うこともなかった。

早起きをして、父と一緒に電車に乗って有楽町へ向かう。映画館に着くと、父と同じくらいの年代の人がたくさん並んでいた。まだ朝の九時前なのにすごい熱気だ。周りを見ると小学生は私しかいない。この場から完全に浮いているので、心細くなって父の背中を見上げた。短気で我慢のきかない父だが、映画のときには黙って競馬新聞を読みながら開場までの時間を潰していた。

全席自由席のため、私と父は開場と同時に席を求めて早足で場内を歩く。父が二つ席を取ってくれると、私は安心して席に着く。父はいつものように手にしていた競馬新聞を足元に敷いて靴を脱いだ。私も父と同じようにした。場内の照明が落ちると私はいつも胸がドキドキして、これから始まるお話に胸を膨らませた。それはきっと父も同じだったのだろう。

「俺は、映画にまつわる仕事がしたかったんだ」

ある日、酔った父が私にこう話してきた。中学生になった私はまだ父と映画を観ていた。レンタルビデオ屋ができてから、父と映画を観る本数が一気に多くなり、私も随分多くの映画を観るようになっていた。

「具体的に何かやったの？」

私が尋ねると、父はこう答えた。

「うん、映画館に行って、何かさせてくださいってお願いしたら、映画のフィルムを運ぶ仕事を頼まれて、自転車を漕いで隣の街まで運んだことがある。でも何回かやったけど、嫌になってやめちまったよ」

酔った父の目は遠いところを見ていた。私は「そうなんだ」と当たり障りのない言葉を言った。映画に関する仕事と言っても色々ありそうだ。監督や撮影などの作る側、または配給会社、それか映画評論家か、そういうところに行けそうな学校には進学しなかったのかなとぼんやり思った。


「お父さんは貿易の専門学校に行ったけど、全然学校に行かないで、友だちと遊び歩いていたのよ」

学校から帰ってきて、夕方のニュースを見ているとき、母が教えてくれた。

「結構高い学費でね、おじいちゃんが頑張って行かせてくれたのに、卒業しなかったのよ」

母は洗濯物をたたみながら続けた。

「仕事も何個かやったけど、営業の仕事に回されたとき、『俺は人に頭を下げる仕事はしたくない』って言ってやめちゃってね。物を買う会社がいいって言って、今の会社にしたらしいわよ」

私は母の独り言ともつかない言葉を聞きながら、「父らしいな」という感想しか出てこない。

友だちと遊び歩いていたときはきっと映画館をはしごしていたのだろう。父は観た映画のパンフレットをすべて買っているのだが、その数が尋常じゃないのだ。あんなに薄いパンフレットなのに、段ボール箱に3箱はあった。暇なときそこを覗いてみると、キューブリックの『2001年宇宙の旅』や『時計じかけのオレンジ』まであったので、父は映画好きというより、映画マニア、映画狂といった言葉の方がよく似合う。そして、その父の娘である私も映画に心を奪われるようになった。私は父の勧める映画をたくさん観たし、自分でも観るようになっていった。

観ていたのは名作と言われる映画ばかりだった。黒澤明に小津安二郎。スピルバーグからウィリアム・ワイラー。良いと言われている映画ならなんでも観た。一週間に最低でも4本は観ていたと思う。父は昔観た映画をもう一度観たがってレンタルビデオ屋から年中映画をたくさん借りていたのだ。

そのうち、映画マニアの父は私にマニアックな映画を観せるようになる。『ゆきゆきて、神軍』に『愛のコリーダ』。吐き気がしそうな映画でも父は観せてきた。私は我慢してそれらの映画を観た。

母はそんな父に対して「教育に悪い」とイラついていたが、私は何にも言わなかった。父に対して私はあまり反抗できない娘だったからだ。それに、父が観せてくる映画は映画が好きなら通らなければならない作品だった。一番好きな映画はフェリーニの『道』。そんな高校生だった。マニアックな映画ばかり観ていた私は、クラスメイトと話がまったく合わなくて、いつも寂しい思いをしていた。

私の初恋の人は映画が好きだった。美術サークルの部長であった彼は「母が映画好きだから」という理由でたくさんの映画を観ていたのだ。私が彼を好きになったのは、父と同じくらいたくさん映画を観ているからだった。映画を観ている彼とはいくらでも話ができた。

娘は父のような男性を好きになるとフロイトが言っているが、その真偽のほどは私にはわからない。けれど、私が彼に惹かれた理由は映画だったと思う。その彼とはうまくいかなかったのだが、私は男性と話す際に、「映画を観ているか否か」を基準にしてしまうところがある。「映画はまったく観ない」と言う男性だとがっかりする。何を話したらいいかわからなくなってしまうのだ。天気の話や仕事の話なんかをして時間を稼ぐが、気がつくと同じ話をもう一度してしまっていて、自分がいかに興味のない話をするのが苦痛なのかを感じてしまう。

私は父と話すのが好きだった。父の話は映画や文学、ロックなど、文化方面に多岐にわたっていたので、飽きることがなかった。そして、私もそういう話をするのが好きだった。

私は飽きるほど趣味の話をしたいのに、誰ともできないことがとても悲しい。父とは絶縁しているし、父のような男性とも結婚することはなかった。

大人になった私は今でもよく映画を観ている。父とたくさんの映画を観ていたせいか、今更その習性をなくすのは難しい。私は映画を観ながら、なぜ父がこの世界に惹かれていたのかを考える。そして、自分がなぜ、映画を観続けているのかも考える。

私が映画を観ている理由はただ一つで、暇で寂しいからだ。家に帰っても誰もいないし、誰かと会う予定もない。その寂しい時間を映画という娯楽で埋めているのだ。

映画を観ているとき、私は一人ではない。映画に登場するたくさんの仲間と色々な冒険をしたり、遠い国へ行ったりする。映画のお話をなぞっているとき、私は孤独という病の痛みを忘れることができた。映画が面白ければ面白いほど、現実の苦痛は消え失せた。

それを思うと、父も私と同じだったのかなと思う。たくさんの素敵なお話に魅入られていた父は孤独の痛みを消すことに必死だったのかもしれないし、楽しくない現実から逃避していたのだと思う。

チー君と映画を観た後、家まで送り、そのあとは一人で居酒屋に入った。高円寺のモツ焼き屋でホッピーを頼み、マカロニサラダをつまむ。学生の頃のようにマメに友だちと連絡をとらなくなり、家庭や仕事がある友人には声をかけにくくなって、一人飲みが定番になってしまっている。最近は一度やめたタバコをまた吸い出した。煙を吸うと頭がクラクラする。私は正気でいることが辛い。一生酔っ払っていたいし、一生タバコを吸っていたい。素面で生き続けるのがしんどい。

隣では男女のカップルが楽しそうに談笑しながらモツ煮をつついている。母は父とのデートでよくガード下の汚いモツ焼き屋に入ったと言っていた。いつかの二人もこのように笑っていたのだろうか。恋愛は楽しい。しかし、結婚してからの生活というものは決して楽しいものではない。とても長い平坦な生活を維持するにはそれなりの根気がいる。

私はホッピーを飲み干してしまってレモンサワーを追加した。ぼんやりと空中を見つめるが、一人を持て余してしまってスマホに目をやった。メールをチェックしようと思い、アプリをタップする。仕事のメールが来ているので、確認する。新しく始まる連載に使われるイラストについてだった。私は今、文章の仕事をもらえるようになって、少しずつだがお金を稼げるようになった。

ふと、子どものとき、父からもらった切手のアルバムを思い出した。父は子どもの頃から切手を集めていて、そのコレクションを私と兄にくれたのだ。その中に、小さな新聞記事が挟まっていて、よく見ると映画の評論だった。聞いたこともないタイトルの映画の評論がなぜここにあるのだろうか。

母に聞いてみると、それは父が書いたものだと言う。私は父がやりたかった映画の仕事とは映画の評論だったのだろうかと考えた。思えば、私がデビューする前に文章を書いていたとき、父はなぜだか応援してくれて、ブログのサービスが始まったとき「やったらどうだ」と勧めてきたことがあったのだ。

単行本を出して、メディアに出るようになってから、私は父とは会っていない。父は今の私の文章を読んでくれているのだろうか。それすら確かめようもない事実に胸が苦しくなる。

先日、週刊誌に対談が掲載された。その雑誌を父はよく買っていた。書店で雑誌を手に取り、自分の写真を眺めながら、父はどこかで読んでいるのだろうかと考えてしまう。メディアに顔を出し、テレビにまで出演したのに、父からはなんの連絡もない。

「もう、父とは死ぬまで会えないのだろうか」

ふとそんな言葉を漏らしてしまう。生きているのに家族に二度と会うことができないというのは意外とショックが大きい。もちろん、私と父の関係は良好と言えるものではなかった。怒鳴りあうこともあったし、子どもの頃は殴られたこともある。それでも、父のことを考えてしまうのは子どもという業のせいかもしれない。

03 入る墓のない母と娘

今日は母と「NHKのど自慢チャンピオン大会」を観にいくことになっている。なんでも抽選で当たったらしく、母から誘われたのだ。

渋谷のハチ公前で待ち合わせをする。母は人混みの中から私を見つけると小さく手を振った。子どもの頃は母のことを大きく感じていたが、今は少し小さく感じる。実際の身長は変わっていないので、私の心の中の母が小さくなったという事なのだろう。

「お昼ご飯はロイヤルホストで食べたいの。お母さんの家の近所にはロイヤルホストがないんだもん」

母の言葉に従って、道玄坂に向かう。お昼ご飯はファミレスでいいというのがなんだか母らしい。父だったら雑誌で見つけた美味い個人経営の店に行きたがりそうだ。

二人でロイヤルホストに入りメニューを見るのだが、全体的に高い。母は年金暮らし、私は事務のパート。二人ともあまりお金がないという事実が悲しい。千円台のメニューを探し、それを注文する。食事を待っているときに、母の左手薬指を見ると、指輪が光っている。

「それ、取らないの？」

離婚したはずなのにと不思議に思って聞いてみると、

「この歳だから、つけていた方が何かといいでしょ」

と母が言った。

確かに、歳をとって独身だと女は何かと面倒なことになるかもしれない。

女の人生は損が多いと思う。仕事をしていても、結婚をして子どもを産んでしまうと、仕事を辞めるか休職しなければならない。かといって独身を貫けば、あの人はどこかまずいんじゃないかと陰口を叩かれる。そして、結婚相手が暴力を振るう人だったときに子どもがいたら、離婚するのが難しい。女が一人で子どもを育てることが容易でないこの国では、夫の暴力に耐えている女は未だに多いと思う。私の母もそうだった。

私が小学生の頃、夜中に父が酔っ払って帰ってきて母に暴言を吐き、母の頭を足で踏みつけたことがある。そのとき、父方の祖母が家に泊まりに来ていた。大きな音で目を覚ました祖母はその光景を見て、「ごめんなさい、私の育て方が悪かった」と母に謝った。けれど、数日してから「信一があああいう風になるのは、あなたにも何か問題があるんじゃないの？」と母に言ってきたそうなので、祖母は親バカなんだと思う。

祖母と父の癒着は激しかったらしく、祖母は結婚した息子夫婦の家をよく訪れて自分の料理を置いていったそうだ。他にも、父は結婚するまで髪の毛を祖母に切ってもらっていた。祖母に大事に育てられた父は人格者ではなく、人格破綻者だった。

子どもの頃は、夜になると父が酔って暴れるので、私はいつも恐怖に怯えていた。父の暴力が始まるのは私が布団に入ってからで、襖の向こうで父と母が争う声がいつも聞こえていた。私は小学生のとき、母によく「離婚しなよ」と言っていた。父に殴られる母の姿をこれ以上見たくなかったし、最低な父親と夫婦生活を続ける母が嫌いになってしまいそうだからだった。

しかし、父がまたいつものように暴れ、母が私の部屋にやってきて、「エリちゃん、お母さん、離婚してもいい?」と涙目で真剣に聞いてきたとき、私は「いいよ」と言えなかった。むしろ離婚したら、この家に住んでいられなくなってしまうのではないだろうか、学校はどうなるのだろう、お父さんとお母さんのどちらに私はついていくのだろうか、そういうことをぐるぐる考えていたら怖くなってしまって、「離婚したら嫌だ」と泣き出してしまった。それから母は離婚のことを口に出さなくなった。それからずっと耐えて生きてきたのだと思う。

私は十代の頃から結婚なんてするもんかと思っていた。年中「誰のおかげで飯が食えると思っているんだ」と怒鳴り散らす父と暮らしていると、結婚に対しての夢というものがなくなる。王子様と結婚したシンデレラだって本当に幸せだったかどうか怪しい。お世継ぎを産めと言われたり、王子が浮気をしたりしたのではないか。

私はずっと母も結婚に対して否定的な考えを持っていると思っていたのだが、

それは違うようだった。二十歳ぐらいのときに、私はブラックな編集プロダクションに入社したのち、自殺を図ったが失敗し、実家に戻ってきた。無職の私は自分の過去を悔やみ、そのことを掘り返すようになった。もともと、美大に進学したかったのだが、両親から強く反対されていた私は、実家に帰ってからそのことについて母に酷く当たった。そのとき母は泣きながらこう言った。

「エリちゃんには、普通に就職して、普通に結婚して欲しかったのよ」

私は呆然と母を見つめ、その後、わなわなと怒りで震えた。

「普通って、あんたの普通は私の普通じゃないし、あんたの幸せは私の幸せじゃない！」

私は大声で怒鳴った。なぜ、暴力に耐える妻でいながら、娘に同じ道を歩ませようとするのか。意味がわからなかった。

けれど、今なら母の気持ちがわかる。娘の私が結婚をしないということは母の人生を否定することになるのだ。母は苦労続きだった自分の結婚生活を肯定してもらいたかったのだろう。

私は実家に戻ってきて仕事を探したが見つからず、家に引きこもるようになった。そんなとき、母は私に整形を勧めてきた。

「エリちゃん、お母さんがお金を出すから、整形したらどう？　エリちゃんは左目が小さくてバランスが悪いから」

私は自分の親に整形を勧められるという侮辱を受けながら、断り続けた。自分の顔にメスを入れるのに抵抗があったし、それで人生が変わるとも思えなかったからだ。

母は私に整形を勧めてきた理由をはっきり言わなかったけれど、もしかしたら、顔が良くなれば結婚できると思ったのかもしれない。正直、女が顔を直す理由なんて、男に気に入られたいという欲望のみの気がする。病気になって仕事が見つからなければ、結婚して永久就職すればいい、母がそう考えてしまう理由もよくわかる。正直、私も結婚して専業主婦になってしまえば、「普通」の枠にすぐに収まることができることくらい分かっていた。けれど、顔を良くしたからといって結婚相手が湧いて出てくることもないし、結婚の先にあるのが幸せであるとは限らない。それは母が一番知っているはずではないのだろうか。

母は北海道の出身だ。北海道といっても札幌など都会らしい街もあるが、母の実家は本当に何もない街である。遠さゆえ、なかなか北海道の実家に帰れない母だったが、高校生のとき、母と一緒に北海道の実家に行ったことがある。

空港まで祖父が迎えにきてくれて、一緒に車に乗り込む。北海道は道が広くて、車があまり走っていないので、祖父は高速でもないのに、百キロ以上のスピードを出して北の大地をぶっちぎる。

母の実家は街に一軒しかないお菓子屋さんで、住民に愛されていた。桃の節句には桜餅を作り、クリスマスにはケーキも焼く。そして店頭には袋菓子が並んでいる。

祖父は子どもの頃にお菓子屋さんへ奉公に出て、大人になって店を開いた。母の実家は店と住居が一体になっていて、家の奥の方には祖父の仕事場がある。大きな什器があり、湯気がもうもうとたっている。どうやら饅頭を蒸しているらしい。私は興味深くて、仕事場に行き、祖父の仕事を見守る。

「エリコ、食べるか」

そう言って祖父は出来たばかりの饅頭を渡してくれた。熱々の饅頭は信じられないくらい美味しい。

「卵を割るの、手伝ってくれ」

カステラの注文が入ったので、大量の卵を大きなボウルに割って入れる。何十個もの卵を割る機会など滅多にないので、なんだか面白い。

祖父にとって家族が手伝うことは、特別なことではなかった。私は母の実家ではよく仕事を手伝った。お菓子を入れる箱を組み立てたり、最中にあんこを詰めたりしていた。私はそういうことが珍しいので面白がってやっていたが、この家で子どもとして暮らしていた母はどうだったのだろうか。多分、この家で母は大事な労働力だったのだろう。母には子どもらしい時間があったのだろうかと考えてしまった。

母は実家に帰っている間、しょっちゅう出歩いていた。北海道には、なかなか帰ってこられないので、友だちに会いに行っているようだった。私はそんな母の姿を見ると、羨ましくなってしまう。私は地元に友だちがいないので、成人式にも出ていない。地元に友だちがいないということは、故郷がないのと同じことだ。私には懐かしむべき何かがない。そして、父にも故郷がない。父の生まれ育ちは、はっきりしていないし、学生時代の友人は一人しかいない。その点では父と私は似ている。

穏やかだった祖父と祖母はすでに二人とも他界している。お菓子屋さんは誰も継ぐ人がいなくて、取り壊してしまった。私は数回しか行ったことがないので、深い思い出があるわけではないが、母の実家がなくなったことで、北海道に行く理由がなくなってしまった。実家があった頃は実家に行くついでに、家族で北海道旅行をしたり、母と二人で実家に帰るときは、札幌や小樽を観光していた。

私は、祖父と祖母のお墓参りを一度もしていない。した方がいいのかなと考えるのだけれど、北海道は遠い。それに、二人が生きているなら行く価値があるが、二人はこの世にいないのだ。私は多分、もう二度と北海道には行かないだろう。

「お母さんはどこのお墓に入るの？」

ロイヤルホストで私は不躾（ぶしつけ）な質問を母にした。母と私は、せっかくロイヤルホストまで来たのだからと、デザートを注文して、大きなパフェを頬張っていた。

「今、樹木葬ってあるでしょ。あれがいいなあって思うのよ」

アイスをスプーンですくいながら母が答える。

「ああ、流行っているよね。私もそれがいいなあ」

私もぼんやりと答える。

「お兄ちゃんは、俺の家の庭に墓を建てればいいいって言ってるけど、それはちょっとねえ」

母が苦笑いしながら言う。

「何考えてんだ、お兄ちゃんは。アホか」

私は呆れて声を出す。

どこの家の墓にも入る予定のない、母と娘。私たちはどこの家にも所属していない。それが不幸なのか幸せなのかは分からない。

04 父の支配を逃れた兄

今日は有給を使って、友だちのえりこちゃんの子どものアーちゃんと『プリキュア』の映画を観に行く予定だ。私には同じ名前の友だちがいて、その子ども達と時々遊ばせてもらっている。

待ち合わせをしている駅の改札に向かうと、えりこちゃんに連れられてお兄ちゃんのチー君と一緒に妹のアーちゃんの姿が見えた。アーちゃんは黒のライダースを着て、小さいのにとてもお洒落だ。頭には星の髪飾りをつけている。アーちゃんは私と同じ末っ子で、家族の中で一番年下だ。女の子で末っ子というアーちゃんには、なんとなく自分と似たものを感じてしまう。

手を取って電車に乗り込み、アーちゃんの終わらない話を聞いているのは、私にとって嬉しい時間だ。何が着地点なのかわからない子どもの話をうんうんと聞いているのは、自分が大人になったみたいで誇らしい気持ちになる。そして、アーちゃんと手を繋いでいると、子どもの頃の自分と手を繋いでいるような錯覚を起こす。私が子どもと過ごすのが好きなのは、子どもの頃の自分を癒すためだ。私は子どもに愛情やお金をかけることをまったく厭わない。人の子どもだから多少加減はするが、基本的に、なんでもしてあげたいと思ってしまう。

「新宿バルト9」でアーちゃんのためにポップコーンとコーラを買う。思えば子どもの頃、父とたくさん映画館に行ったけれど、ポップコーンを買ってもらったことは一度もなかった。プリキュアが悪者と戦うストーリーは大人の私には子どもっぽ過ぎて少し退屈してしまうが、子どもの好きなものを一緒に観られることに喜びを感じる。私の父は私が観たがった映画の『ドラえもん』や東映まんがまつりには一度も連れて行ってくれなかった。連れて行ってくれたのは祖母や母だった。

映画を観終わった後、アーちゃんと一緒にサンリオショップに向かった。私は子どもの頃、サンリオが大好きだったけれど、お金がなくてあまりグッズを買うことができなかったからだ。思えば、小学生のときは一ヶ月千円以下のお小遣いしかもらっていなくて、どうやって生活していたのだろうと不思議に思う。

「アーちゃんが欲しいもの、どれか一個買ってあげる」

私がそう言うと、

「えー！　アーちゃん迷っちゃう！　どうしよう」

そう言いながらアーちゃんは嬉しそうに店内をグルグル回る。私もサンリオショップは大人になっても大好きなので、気になる商品を探す。最近のサンリオグッズは昔のキャラクターが復活していて懐かしい。

アーちゃんが欲しいというマイメロディのぬいぐるみをレジで買って、自分にはタキシードサムのポストイットを買った。私もぬいぐるみを買おうか悩んだのだけれど、自分には贅沢だと思って買うことができなかった。

二人でその後、近くにあったサーティワンアイスクリームでアイスを食べた。小さなアーちゃんを横目で眺めながら、今日一日を幸せだと感じてくれていたらなと願う。


映画と買い物が終わって、えりこちゃんの家にそのままお邪魔することになった。家に着くと、チー君が一人でゲームをやっていた。

「一人じゃなくて、みんなでやろうよ」

と、私が提案して任天堂のSwitchをテレビに接続して、三人でマリオカートをやる。

チー君とアーちゃんと一緒にいると、私は不思議な気持ちになる。私にはアーちゃんと同じように兄がいる。私は兄とは仲が悪くて、もう十年以上会っていない。私も子どもの頃はアーちゃんのように兄とゲームを一緒にやっていた。一つ屋根の下で暮らし、一緒にゲームをやっていても、大人になったら二度と会わなくなるということがあるのだ。


兄は私より三つ上で、勉強は全然できなかった。世間でいう兄と妹の関係がどういうものなのかわからないが、うちは仲が悪い。なぜ、そうなったかというと、単純に兄が私のことを嫌いだったからだ。兄は私を心配したり、可愛がったりすることがなかった。喧嘩をすれば、本気の殴り合いになる。子どもの三歳差というのは体力的にとても大きく、私は兄に絶対勝てなかった。

「お兄ちゃんと一緒に駅前のヨーカドーに来てちょうだい」

母にそう言われたことを兄に告げると、兄は仕方なくといった風に、私と一緒に玄関を出た。当時私は小学校低学年で兄は高学年であったと思う。兄は家を出るなり、私にこう言った。

「俺と一緒に歩くな。離れて歩け」

私はちょっとびっくりしたが、兄の言うことを聞かなければと思い、こう聞いた。

「何メートルくらい?」

私が兄に顔を向けると、兄はこう言った。

「百メートル」

百メートルも離れていたら、一緒に行く、という母の言葉を遂行できない気がする。しかし、私は兄の言葉に従い、兄から遠く離れて歩いた。小さくなった兄の背中を眺め、近づかないようにそろそろと歩いた。私は一生、こうやって兄の後ろを離れて歩かなければならないのだろうかと悲しい気持ちになった。

兄は善悪の判断ができない人間だった。兄は道端に平気でゴミを捨てる。私が

それを注意すると、

「俺は、町のゴミを掃除する人に仕事を与えてやってるんだ」

と、のたまった。私はあまりのバカさに言葉が出なかったのだが、その様子を見ていた兄は、

「俺の言うことが正しすぎて何も言えないんだろ」

と嬉しそうだった。この程度のことで私よりも優位に立っていると考えているのだろうか。兄にわかるように答えるならば、町にゴミを捨てず綺麗にすれば、掃除の仕事がなくなり、もっと良い仕事がその人に与えられるようになるだろうということだ。それに、公共物である町を綺麗に保つのは市民の義務である。


小学生のとき、三つ上の兄は私にとって絶対的存在だった。私は兄に刃向かうことは一切できず、下僕のように言われたことを守っていた。そうしないと生きていけなかったからだ。牛乳を取ってこいと言われたら、冷蔵庫から出してきてコップに注いで兄に差し出すのは私の仕事だった。私は召使いのように兄の指示に従い、決して反抗しなかった。それでも、兄は自分の不満やストレスを私にぶつけてきて、突然理由もないのに私を殴る。母は家にいるのに、兄の所業に対し

て何もせず、ただ黙って知らないフリをして家事をするだけだった。兄に叩かれたり、ひどいことを言われたりするのは日常茶飯事で、学校でもいじめに遭い、家でも兄からいじめられるのはとても悔しくて辛かった。私はなるべく兄と顔を合わせないように気を使って生活していた。

平日の夜、兄の部屋で一緒にファミコンをしていると、兄が私の方を見てこう言った。

「おい、エリコ。お父さんが瓶に小銭を貯めてるだろ。あのお金取ろうぜ」

私はビックリした。

「だって、あのお金はお父さんが貯めてるものでしょ。お父さんのものを取ったらダメだよ」

私が兄の目を見ながらおずおず言うと、

「あれだけ入ってるんだから、取ってもバレねえよ。お前も一緒に取るんだ」

私は従うしかなかった。小銭が詰まった酒の瓶を横にして、中身を出す。十円玉や五円玉が畳の上に散らばる。兄はその中から五十円玉や百円玉を探して見つけるとポケットに入れた。希望の額に達すると、兄は私にも小銭を数枚寄越してきた。私は初めて人のお金を盗んだ。悪いことをしているという罪悪感でお金を手にしても喜ぶことができない。

その後も兄は時々、私を誘って、父のお金を盗むことを続けた。しかし、そんな日々は長く続かなかった。父が小銭がなくなっているのに気がついたのだ。私と兄が犯人と疑われ、私は父に兄のことを言った。

「金を盗むこと自体、許せないことだが、妹を誘って引き入れたことはもっと許せん!」

父は激怒し、兄に罵声を浴びせ、ひっぱたいた。父のあまりの激昂ぶりに恐ろしくて体が凍りそうだった。私より兄の方がひどく怒られた。私は、もう盗みをしなくていいことにホッとしていた。

兄は制服を着るようになってから、生活が派手になった。私たちが住んでいる茨城ではヤンキーがカッコ良いとされていた。兄はあっという間にヤンキーになり、髪の毛を茶色に染めて、短ランを着てボンタンを穿いた。原付のバイクもあっという間に買ったし、車の免許もすぐに取った。

ヤンキーというのは、普通の高校生から逸脱したいと願っている割には、みんな同じ逸脱の仕方をする。髪の毛を茶色にし、改造した制服を着る。そして、タバコを吸い、酒を飲む。画一的な逸脱を見ていても、私はかっこいいと思えなかった。むしろ、ダサいと思っていた。

「エリコ、髪の毛を茶色にするの手伝ってくれ」

美容院に行くお金がない兄が、ブリーチ剤を渡してきた。私は中学生になっていて、兄の友だちの弟にいじめられていた。そんな惨めな状況でも私は兄に従わなければならない。

私は兄の頭にツンとする匂いのクリームを塗る。

「まだらにならないように、綺麗に塗れよ」

高校生の兄はまだ妹に甘えていた。私は相変わらず家族の中で、一番力の弱い者として、兄の髪を脱色するのを手伝った。

兄は高校生になって、タバコを吸い始めた。私はそれを見て、父がどうするのかが気になっていた。私の父は、大の健康オタクで、タバコを完全な悪とみなしているのだ。その徹底ぶりは半端ではなく、母がタバコを吸った形跡を見つけると、本気でぶん殴った。他にも「コーヒーは体に悪い」と言って、お中元できたコーヒーは捨てさせていた。母はもったいないと言って、コーヒーゼリーにして消費していたのだが、ゼリーにすれば食べていいというのも謎だ。

ところがそんな父も、兄の部屋からタバコの煙が漏れているのを見て、

「肺まで吸ったら、体に悪いからやめるんだぞ」

と言っただけだった。

私は心の底から父を情けないと思った。もう、体力的に父を上回る兄は父の支配から逃れることに成功した。母と私は女という性別ゆえ、一生逃れられないのに。

長男は羨ましいと思う。何をしても許されるし、やりたいこともやらせてもらえる。兄は建築がやりたいと言って、高校は建築科に行った。しかし、ほとんど勉強しなかったので、高校を卒業して建築の専門学校まで行っても、なんの資格も取ることができなかった。それでも、高い製図板を買ってもらえる兄が羨ましかった。

美大に行きたいと願っていた私は、両親に強く反対され、希望の学校へ行かせてもらえなかった。「普通に就職して、普通に結婚して欲しい」という母の願い

を叶えるため、私は行きたくない底辺の短大に進学する羽目になった。

私は兄のことが大嫌いなのだけれど、忘れられない出来事がある。私が小学生のとき、家族旅行でプールのついているホテルに泊まったときのことだ。私は泳ぎができないので、足がつくところを唯一できるバタ足でちょこちょこ泳いでいた。しかし、気がつかないうちに足がつかないところまで行ってしまった。ゴボゴボと口から空気が漏れ、沈んでいく自分の体。焦ってバシャバシャと手足を動かすが誰も気がついてくれない。ああ、このまま死んでしまうのか、などと思ったときに、兄の手が私の腕を掴み、プールサイドまで引き上げた。私は水を吐きながら、兄がいたことにホッとした。兄は普段は私に悪さばかりするが、たまに兄になることがあった。

兄に父のことをどう思っているか聞いたことはないが、兄は父のことを軽蔑していたようだ。父と母が別居してから、父が母に渡す生活費を減らしたら、激怒したのは母ではなく兄だった。そのことがきっかけで母と父は離婚することになった。

兄は今、結婚して、子どもが二人いる。私は兄の子どものうち、長男の方には会ったことがある。会ったというと誤解を招くかもしれない。まだ赤ちゃんのうちに抱いただけである。出産祝いにエリック・カールの『はらぺこあおむし』を贈ったが、特にお礼はなかった。ちなみに、私と兄はお互いの携帯番号もメールアドレスも知らない。私が拒否しているせいもある。子どもの頃の兄のことを思うと、二度と関わりたくないと思ってしまうのだ。どんなに泣いて助けを乞うても殴るのをやめない兄は、私にとって恐怖の象徴だった。

私が自殺未遂をして、実家に戻り、病院と自宅を往復しているとき、兄が手紙をくれたことがある。

「エリコも病気で大変だと思う。俺は将来、エリコのような人が働ける店を作ろうと思う」

そんな手紙をくれたことがあったが、有言不実行で、そんな店をオープンさせることもなく、今はボイラー技師として働いている。

えりこちゃんの家で、晩御飯をご馳走になった。チー君が、

「僕、宇宙飛行士になるから、エリコ先輩が死んでもお葬式に行けないよ。宇宙からじゃ間に合わないもん」

と少し意地悪なことを言った。

「別にいいよ。宇宙飛行士のお仕事の方が大事だし。それに、私はお葬式、やらないんじゃないのかな」

二人とも私が結婚していないことを知っているし、子どももいないことも知っている。アーちゃんが気を使って、

「エリコ先輩のお葬式はママがやってくれるよ」

と言った。ママとは二人の母親であり、私の友人であるえりこちゃんのことだろうが、友だちのお葬式をやるなんて聞いたことがない。

「うーん、そうだね。でも、ママは忙しいんじゃないのかな。お葬式、やらなくても別に困らないよ」

お葬式というのは残された人が、死んだ人のことを思ってするものだ。私が死んだとして、誰が私のことを悼(いた)むのだろう。正直、誰の名前も思いつかない。

「あー、でも、お兄ちゃんがいるから、お兄ちゃんがやるのかな」

ポツリとこぼしたら、アーちゃんが

「え！　エリコ先輩、お兄ちゃんいるの？」

とびっくりして聞いてきた。

「うーん、一応、いる」

十年以上会わず、なんの連絡も取らない兄。ヤンキーで、ゴミを道端に捨て、妹にお金を盗むように命令する兄。目の前にいるチー君とアーちゃんはたまに喧嘩もするが、基本的には仲良しだ。私のようにはならないと思う。私は幼い兄妹を見つめながら、缶チューハイを口に運ぶ。私と兄にもこんなときがあったのだろうか、などと感傷的な気持ちになった。

05 父の夢をかなえた日

「お先に失礼します」

同僚にそう告げて、職場を後にする。今日は夜からの用事に備えて早退させてもらった。池袋にあるイベントバー・エデンというところで一日店長をやらせてもらうのだ。

このお店は友だちから教えてもらったのだが、お店に頼めば誰でも一日だけカウンターに立つことができる。自分で作った料理を提供したり、お酒を出したりできるのだ。なんだか面白そうという好奇心と、儲けが出れば自分のお小遣いになるし、という理由でやってみることにした。

当日までいろんなSNSで宣伝したり、友だちに直接ラインを送ったりして集客を頑張った。足早に駅に行き、お店のある池袋に向かう。電車に揺られながら、父のことを思い出していた。そういえば、父はとても飲食店をやりたがっていた。映画も大好きだったが、美味しい店を見つけて飲み歩くのが好きだったからだろう。

「調理師免許を取るぞ！」

家族にそう宣言した父は本気だった。仕事から帰ってきても酒を飲まないで、テキストを広げて勉強を始める。父は健康オタクで、常に体を鍛えていて、腹筋を欠かさないのだが、腹筋しながら、暗記する項目を唱えていた。その父の足が上がらないように足首を押さえるのはいつも私の役目だった。

父は自分の店をやりたいので、都内のガード下の物件を探し始めていた。「自分の店」という響きはなんだかカッコいいが、サラリーマンしかやっておらず、料理の腕も大したことない父にそれができるのか不安になる。私たち家族は父の夢に対して何も言わなかったが、それは「どうせできっこない」という気持ちからだった。

父と一緒に映画館に行くと、帰りは必ず、どこかの居酒屋に寄っていた。父が好きなのは焼き鳥なんかを出す、ガード下の綺麗とはいえない店が多かった。高校生の私は父と一緒にモツ焼きを食べ、コーラを飲んだ。酒で顔が赤くなった父は機嫌が良かった。ビールをお代わりし、ポテトサラダをつまむ。

「エリコ、馬刺し食べたことがあるか。馬だ、馬」

父が突然、私に聞いてきた。

「馬？　馬って食べていいの？　食べれるの？」

私はびっくりして父に問いかけた。

「そうか、エリコは馬刺し食べたことないんだな。あれは美味いぞ。よし、ちょっと行くか」

そう言って父は居酒屋の会計を済ますと、店を出て駅に向かう。父は歩くのが速い。男であるし、足の歩幅も私より広いので、高校生の私が頑張ってもなかなか追いつけない。私は父の背中を追いかけて小走りになる。一緒にいる人に歩調を合わせないという父の性格は父の人生そのもののようだ。地下鉄を乗り継ぎ、聞いたことがない駅で降りる。茨城で高校生をやっている私は、洋服を買うときに渋谷に出かけるくらいで、あまり東京を歩かないし、美味しいお店などまったくわからない。そんな私に引き換え、父は自分の庭のように東京の街を歩く。一軒の店を見つけて暖簾をくぐると、父と一緒に席に通され、メニューを渡される。

「桜肉、って馬肉のことだ。覚えておけ」

父は私が知らない美味しいものをたくさん知っていた。

つんと澄ました店員が赤い肉の乗った刺身皿を出してきた。私は初めて見る馬肉におずおずと手を伸ばす。生姜とニンニクをすりおろしたものと一緒に醤油をつけて口に入れる。甘い味と野性味のあるかみごたえは今まで知らない食感だった。

「美味しいねえ」

私が思わず漏らすと、父は嬉しそうに、

「そうだろ、エリコ」

と笑いながら言った。娘に知らないものを一つ教えたことに満足しているようだった。


「俺の創作料理だ」

そう言って父は時々変な料理を作る。出てきたのはカマボコに明太子を挟んだものだった。両方ともまずい食材ではないが、合わさると美味しいのだろうか。

「いただきます」

そう言って箸を手に取り、口に運ぶ。なんというか、両方の良さをお互いがぶち壊している味がした。

「あんまり美味しくないよ、お父さん」

私がそう言うと、父は肩を落として、

「そうか……」

と呟いた。

それでも父はめげなくて、再度、変な料理に挑戦する。

「果物の天ぷらっていうのがあってもいいと思うんだ」

そうのたまった父は各種の果物を衣に包み、揚げまくった。リンゴ、柿、みかん、バナナ。家族で父の作った果物の天ぷらを食す。

「まずいよ。親父」

兄が開口一番そう言った。

「食べられないわ」

母も一口食べてから、箸を置いた。

「うえええええええええ」

私は吐いた。

果物の天ぷらは最悪だった。私は気分が悪くなり寝込んだが、父の料理は続き、母と兄は食べ続けていた。

「あ！　これはいける」

バナナの天ぷらを食べた兄が言った。

「あら、本当。これは美味しいわ」

母も同意した。よくわからないがバナナの天ぷらは美味しいらしい。

「エリコも食べてみなさいよ」

母に勧められるが、

「やだー！　絶対いらない」

と私は拒否した。

母と兄はバナナの天ぷらが気に入って、美味しいと言いながら食べていた。大人になって気がついたが、南の国にはバナナを揚げたお菓子がある。だから、父のバナナの天ぷらもおかしい料理ではなかったのだろう。しかし、昭和という時代にそんな情報など入って来ず、私はあんなものは料理ではないと信じていた。

父の中の「いつか、居酒屋をやる」という気持ちは尽きることなく、ある日、突然、ジンやラム酒、リキュールなど、カクテルを作るのに必要な酒を大量に買い込んだ。そして、ひたすらシェーカーを振る日々が続いた。

「これ、どうだ、エリコ」

おしゃれなカクテルグラスに、泡の立った液体が注がれていた。

「何が入っているの？」

私が本を読む手を止めて、訝しげに聞くと、

「いいから、いいから」

と促す。

仕方なく、飲んでみると、どろりとしていて、いやに甘い。形容しがたい味だった。

「うえー。本当に何が入っているの？」

聞いてみると、

「生卵とジンとリキュールを入れてみたんだけど、不味かったか？」

父が残念そうな顔をして聞いてくる。

「自分で飲みなよ」

私は呆れかえって当たり前のことを言った。私は再び本に目を落とすが、父はカクテルを作り続けて、私に出し続ける。父はひたすらオリジナルカクテルを作り出す変人だった。

それでも父の偉いところは、自分の夢に邁進することだろう。調理師免許の資格試験を受けて、一発で受かった。父はたいそう喜んで、大人なのに、自分の調理師免許を額に入れて飾った。思えば、父は会社の卓球大会で一位になったときにもらった賞状も額に入れて飾っていた気がする。それどころか父は会社の運動会に家族で応援に来いとも言っていた。言わせてもらうと、父は子どもの運動会に一度も来たことがない。父は大きな子どもだった。

調理師免許を取ってしばらく浮かれていたものの、会社を辞めて店をやるとは父は言い出さなかった。物件を探していたが、良いものが見つからなかったようだ。そもそも、店をやるには資金がいる。そのためには、お金を計画的に貯めたり、資金を銀行から借りたりしなければならない。父はそういうことができなかった。ただ、「店をやりたい」という夢だけ持って、それっぽいことをしているだけだった。

そうこうしているうちに、父は定年退職を迎えた。その後も父は何のアクションも起こさなかった。私は、父が店を出すのを諦めたのだと思った。

「お父さん、競艇場に肉巻きおにぎりの店を出すって息巻いているのよ」

実家に帰ったとき、母がため息混じりに言った。

「肉巻きおにぎりと豚汁のセットを五百円で出したいんですって」

母は続ける。

「へえー。お父さんみたいな人でも出店できるのかね」

私が呆れながら答える。

「さあねえ。お兄ちゃんも交渉を手伝っているみたいだけど」

数年前、こんな話を母と交わした。そして、その一年後に実家に帰ったときに、肉巻きおにぎりの店がどうなったのかを聞いたら、競艇場の人が父を信用できなくて、貸すのを断ったという。同行していた兄に言わせると「親父がおかしいのがバレたんじゃねえか」とのことだ。

父は結局、店を出せなかった。コミュニケーション能力や社会性などが欠落した父には、ハードルが高い事業だった。けれど、父が万が一にでも店を出してしまったら絶対に借金をするので、出せなくて良かったと娘の私は思う。

そんな父を持つ私は、池袋の住宅街にある古びたバーでカレーを作っている。バーのお客さんに振る舞うためである。あれだけ、父のことをバカにしていたのに、私も自分が店長になってお客さんに料理やお酒を出すことに憧れていたのだ。

安定しないまな板の上で鶏モモ肉を切り、じゃがいもの皮をピーラーで剥く。鶏モモ肉を油で炒め、色が変わったところで、じゃがいもとにんじん、玉ねぎを投入する。油が回ったら、水を入れて、トマト缶を入れる。私はカレーにはトマト缶を入れるのが好きなのだ。カレーを煮ているうちにお客さんがやってきた。

「いらっしゃい！」

私は元気よく声を出す。昔、居酒屋でバイトしていたときは、大きな声を出すのが辛かったけど、自分が店長だと思うと、お腹から声が出る。

「小林さんに会いたくて来ました」

にっこり笑った女性に、私も笑い返す。今日のお店は「精神病サバイバルバー」と銘打ったせいか、精神に何らかの疾患を持っている人が多く来た。そして、時間が過ぎると、ボードゲームを一緒にやっている仲間や、ミニコミで知り合った友だちなどが続々訪れた。しばらくすると店は満員になってしまい、大変な賑わいを見せた。

「ママー！　ハイボールちょうだい！」

友だちからママと呼ばれるのも悪い気がしない。

「はーい！　今すぐ入れるよ！」

冷凍庫から氷を出してコップに入れ、ウイスキーと炭酸を入れる。

「はい、どうぞ！」

そう言って、ハイボールと引き換えにお金をもらう。

「こっち、カレーお願いしますー」

続けて注文が入る。

「はいはい、カレーね」

そう言って、鍋に火をつけ、おたまで鍋をかき回す。ご飯をよそい、カレーを盛り付け、お客さんに渡す。

カウンターから眺める景色は、とても気持ちが良かった。お客さんの笑顔を眺めるとこちらも嬉しくなるし、話し声は心地よく耳に響く。ああ、父にもこの気持ちを味わわせてあげたい。お父さんが見たかった景色は手の届かないものではないよ。ここのお店なら、お父さんでもやれるよ。

父は会社に勤めながら、夜にスナックで働いていたことがあった。自分でつくったキムチをお客さんに食べてもらいたくて、持っていったら怒られたと母が言っていたのを思い出す。

父は自分で作ったものをみんなに食べてもらいたい、と思っていたけれど、家庭の料理はやらなかった。それは母がやるものだと思っていたのだろう。それに、母と別居した後も、母は頼まれて父の家に食料品を届けていたのだが、その中に、大量の「サトウのごはん」があったというのだ。あれだけ店をやりたいと言って創作料理を作っていたのに、自分で米すら炊かないのだ。

「ジンの水割りくださいー」

友だちからの注文に笑顔で答えながら、心は過去の記憶に囚われていた。コップにジンを注ぎながら、お父さんと一緒にこのお店で一日店長をやったら面白いだろうなあと考えていた。

客足は遅くまで途絶えず、二十三時を回った後でようやく店を閉めた。心地よい疲労を感じながら、売り上げのお金を手にして帰途につく。

私は父が店を出したいと言う理由をずっと理解できなかったけれど、こういうことなのだな、と理解した。自分を慕ってくれて、自分の料理を食べたいと来てくれる人たちと温かい時間を過ごす。けれど、父の性格を思うと、お客さんとうまくやっていくところが想像できない。接客業は基本的にお客さんを立てなければ成立しないからだ。父は自分が誰よりも偉いと思っているし、人に対して気を使うということをしない人間だ。そのせいだろう、父には友人がほとんどいない。学生時代の友人が一人いるだけで、それ以外に友人がいるとは聞いたことがない。

会社を退職し、母と離婚をし、子どもとも会わなくなった父は、今何を思っているのだろう。人との繋がりを求めた人生だったが、人生の終盤になってプツリと一人になった。

目を閉じるとまぶたの裏には私より先を歩く父の背中が蘇る。生き急いでいた人だから、長生きはできない気がする。そのとき、父のそばには誰がいるのだろうか。

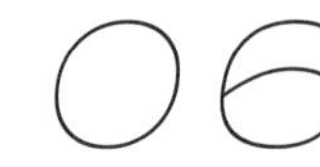

父の悪口は母としか言えない

元号が平成から令和になり、新しい時代が始まった。私はそのとき、アパートでゲームを深夜十二時過ぎまでやっていた。誰にも「おめでとう」を言わず、ゲームをクリアしてから布団に入った。

連休中どこにも行くつもりはなかったのだが、史上初の十連休とのことで、せっかくだから実家に帰ることにした。四月の初め頃、母にそのことを伝えたら、なぜか「水戸にホテルをとったので、旅行に行こう」と言われてしまい、連休に茨城の北のほうを旅行することになった。

母と旅行をするのは、とても久しぶりだった。子どもの頃はそれなりに家族旅行をしていたが、大人になってからの私は職にあぶれ、実家で引きこもりのような生活を送っていた。そのとき、母がたまに旅行に連れて行ってくれた。最後に行ったのがどこだか思い出せないけれど、実家を出て一人暮らしを始めてからは母と旅行に行っていない。

朝早く起きて母と二人で常磐線に乗る。私は早起きが苦手なので眠くなってしまい、電車の中で目を閉じた。しばらく経って目を開けると田んぼばかりが目に入る。

「もう、田植えの時期ねえ」

母がまぶしそうに緑を見やる。

「本当だねえ」

私も答える。

子どもの頃、私が住んでいた場所にはたくさん田んぼがあって、稲の育ち具合で季節を知った。今住んでいるのは千葉県なのだけれど、東京に近いせいもあって、周りに田んぼや畑はない。私は子どもの頃に、自転車に乗って田んぼの中を走っていたのを思い出した。あれから随分経った。

「今日行く神社ってなんてところ?」

私が母に尋ねる。旅行の計画はすべて母に任せていた。

「大洗の磯前神社ってところよ。海の中に鳥居があって、すごく素敵なのよ。ほら、見て」

母がネットにあった画像を見せてくる。海からひょっこりと顔を出している鳥居は確かに珍しい。

「神様がここに降り立った記念に鳥居を建てたんですって」

母がネットで調べたことを教えてくれる。

私はふんふんと頷きながら、また目を閉じた。

大洗に着いて、磯前神社までのバスに乗る。周りには何にもなくて、人もまばらだ。

「そういえば、子どもの頃、家族で大洗に来なかったっけ？」

私が母に話しかけると、

「一度来たことあるわね。エリちゃんは海が好きだったし」

そうだ、私は実は海が好きなのだ。泳ぎはほとんどできないが浮き輪をつけて波に揺られているのが好きで、唇が紫になるまで海に浸かっていた。

子どもの頃、夏休みは必ず一度は家族旅行に行っていた。今思えばそれだけでも幸せだったかもしれない。父と母と兄と私。四人で電車のボックス席を必死に確保して、鈍行の電車に揺られて大洗を目指した。時間を潰すために、持ってきたトランプでババ抜きをした。外から見れば私たちはどこにでもいる仲の良い家族だったかもしれない。

大洗の海に着いて、父が空気を入れてくれた浮き輪をつけて、私は海に向かって走り出す。兄もはしゃいで海に向かう。私はキャーキャー言いながら、何度もやってくる波に興奮しっぱなしだった。父が見守りのために一緒に海に入り、母は荷物の番をしていた。

そこそこ運動ができる兄は、少し遠くの方を泳いでいる。泳ぎのできない私は、足がつくところで海藻と一緒にプカプカ浮いていた。

「ちょっと休むぞ、エリコ」

父の言葉を聞いて、私は波打ち際に戻る。

砂浜になんだか、黒くてぐにゃぐにゃした長細い生き物がいた。

「なまこだぞ、エリコ。これ、食えるんだぞ」

父がナマコを指差す。

「えー！　こんな気持ち悪いものが？」

私はびっくりして父を見る。幼い私には父がとても物知りに見えた。

「意外と美味しいんだぞ。今度、食わせてやる」そう言って、父はガハハと笑った。

レジャーシートを広げて待っている母の元に走り寄ると母は「お腹が空いた」と言った。

「じゃあ、あそこの海の家でなんか買ってこい。俺とエリコはここで休んでるから」

母はパーカーを羽織って財布を持ち、海の家に向かって歩き出す。私は父の隣で寝っ転がって甲羅干しをした。

「砂をかけてくれ」

父の言葉に従って、寝ている父に砂をかける。私は砂遊びをしているみたいで、面白がってやっていた。兄も後からやってきて、面白がって父に砂をかけた。父は砂に埋もれて気持ちいいらしく、いつの間にか目を閉じて眠りはじめた。そうこうしているうちに、母が焼きそばを持って現れた。

「あら、お父さんが埋もれちゃったわね」

そう言って、母は私と兄に焼きそばを渡して、自分の分にも箸をつける。

パックに入った焼きそばは、少し潮の香りがした。お腹が減っているのと、海で食べているせいか、家で食べる焼きそばよりも何倍も美味しい。ガッガッと焼きそばを口に運び、海を眺める。寄せては返す白い波。永遠に続く波の音。この海は知らない遠い国につながっている。そのことを考えると少しワクワクした。

日が沈んでくると、海岸を後にして、今夜の宿を探すことになった。両親は宿の予約をせず、近くにある民宿を探して泊まることに決めていた。大洗から少し外れた駅に向かい、その駅で宿を探そうとしたところ、一人の老婆に呼び止められた。

「今夜の宿はあるのかい？」

客引きだろうか。けれども宿を探しているのは事実なので、そのことを告げると、「こっちへおいで」と老婆が歩き出した。

家族四人で見知らぬ町を老婆の背中を頼りにして歩く。着いたところは明らかにただの民家だ。しかし、後戻りすることもできず、四人して民家の二階に泊まることになった。母は嫌だったみたいで、不機嫌そうな顔をしていた。

夕食はアジの開きにご飯に味噌汁にお漬物という粗末な食事だった。四人してもそもそと食事をとり、食べ終わると布団に寝っ転がった。父はトランクス一枚でどこからか買ってきたビールを飲んでいる。パッとしない旅行だが、私は結構楽しかった。

次の日も海に行き、散々波に揉まれてクタクタになってから家路についた。帰る途中、道端でウニを売っている人がいた。一度、その前を通り過ぎたのだが、父と母が「あれだけの量なら、結構安いんじゃない？」などと相談をしている。結局後戻りして、一袋、殻付きのウニを購入した。紙袋の中のウニはまだ生きていて、針がうねうねと動いている。

生きているウニを持ったまま、常磐線に乗って、家に帰った。

少し休んでから父がウニの裏側を見せてくれた。「ここにある穴がウニの口だ。ここから昆布を食べるんだ」そう言いながら口の部分に包丁を入れて殻を開けた。鮮やかなオレンジ色の身と、黒いものが入っている。「この黒いのが、ウニが食べた昆布だ。これも食べられるぞ」

私はウニを開ける父を尊敬しながら眺めていた。父は手早くウニの身を大皿に取り出した。家で一番大きな皿にオレンジと黒のウニの身が溢れている。小皿に取るのが面倒という理由で、父が大皿に口をつけて、ずぞぞとウニを飲み込んだ。

「うまーい！」

父が叫ぶ。

「次は私」

ウニが大好きな母が、口をつける。

「すごい美味しい!!」

続いて兄。

「うめー!」

最後に私。

「あまーい!」

磯の香りと、ウニの甘い身を家族四人で堪能した。あんなに美味しいウニは食べたことがなかった。私の中の海の記憶は、あのときのウニとセットになっている。きっと、どんなに新鮮なウニを食べても、あのときのウニには敵わない気がする。

母と一緒にバスを降りると、磯前神社の大きな鳥居がそびえ立っていた。

「立派な鳥居ね」

母はそう言って、鳥居を眺めると、海の方に向かった。

「あっちの方に、海の鳥居があるんだって」

私も母の後を追って、細い路地を歩いて海に向かう。

観光客がすでに何人も集まっていて、目の前には鳥居が建っていた。

「あんなところによく建てたわねえ」

母が感心している。

「お母さん、写真撮ってあげるからそこに立ちなよ」

私はスマホのカメラを母に向ける。鳥居をバックにして、母が笑顔をこちらに向ける。

私は今回の旅行ではなるべく母の写真を撮っておこうと思っていた。母と私の思い出は意外に少ないし、別々に暮らすようになってから、会う回数もめっきり減ったからだ。


海の鳥居を見た後、階段を登り本殿に向かう。こちらも人が集まっていて、お参りするのに列をつくっていた。母と一緒に列に並び、お賽銭の用意をする。私はもうすぐ新刊を出すので、新刊が売れますようにとお願いをした。母も何かを必死にお願いしていて、何かをつぶやいていたが、よく聞き取れなかった。

思えば、母はよく頑張ったと思う。酒を飲んで暴れ、家にお金を入れない父のもと、子どもを二人育てるのは大変だったろう。二人の子どもが学業優秀で問題なく成長すればよかったが、兄は勉強が全然できなかったし、私は精神疾患になり、入退院を繰り返すようになってしまった。

母の人生を思うと、とても悲しくなって苦しくなる。それは、母の人生に幸せなときがあったのか、と考えてしまうからだ。北海道で生まれ、集団就職で東京に出てきて、父と結婚し、子育てに追われる。つくった家庭が幸せなものならいいが、不倫を繰り返し、暴力を振るう父と一緒になって心が平安だったとは思いにくい。せめてお金があれば報われると思うが、少ない年金で暮らしている母の生活は余裕があるとは言えない。母の顔に刻まれたシワは母の苦労を語っていた。私は母の顔を美しいと思う。

お参りをすませて、近くのレジャー施設に向かって二人で歩く。五月の潮風は気持ちがいい。

「お母さんて、お父さん以外に付き合った人とかいなかったの？」

一緒に歩きながら、母に尋ねた。

「私は顔も良くないし、モテなかったのよね。お父さん以外にそういう感じの人はいなかったわ」

母の若いときの写真を昔見たことがあるけれど、そこそこ美人だったと私は記憶している。母は若い頃は細かったし、胸の開いた服に、パーマをかけた姿は色気があった。

「まあ、私もモテたことないから、何にも言えないけど」

私が答える。

「そう言えば、あのとき、お父さんがさ」

私は父の話を母にする。そうすると母親ものってきて父の話をしだす。私と母は父の悪口ばかり言っている。

不倫をしていた、自分ばかり美味しいものを食べていた、酒を飲みすぎて暴れて出入り禁止になった店が何軒もある、お金に汚かった。

父という存在を二人で攻撃することによって、母と娘は絆を深めていた。今の父の役割といったらそれくらいしかない。父のことをよく知っているのは、世界中で母と私と兄しかいない。あの憎たらしく、傲慢な父。私たち家族を幸せにできなかった父。

母と娘の怒りは大洗の海に静かに溶けていく。母と一緒に結成した不幸同盟は一生続きそうだ。

07 家族になれなかった人のこと

いつもと違うサラサラのシーツに包まれて目を覚ます。今日はテレビの生放送があるため、渋谷のホテルに泊まった。テレビに出演するのは三回目だ。一昨年に書籍を出してから、テレビに出たり、ラジオに出たり雑誌に出たりしている。今まで、誰からも注目を浴びない人生だったので、そういったメディアに出られるのは嬉しく、楽しい。

しかし、芸能人ではないため、出演するときはかなり緊張する。番組を見てくれた友だちは「堂々としていた」と言ってくれるのだが、収録されたテレビやラジオ聞くと、どもっていたり、動作がおかしいような気がしてしまう。自分の容姿に関しても自信がないので、「太っているな」「目が小さいな」などと一人で突っ込んでいる。

ベッドを抜け出して、顔を洗い、歯を磨く。鏡も見ずに化粧水と乳液をつけて、ブラシで頭をとかす。出演用の服に着替え、鏡の前に立つ。

「よし！　行くぞ」

自分を鼓舞するために声を出して鏡の中の自分を励ます。荷物を入れたキャリーバッグを引いてホテルを出て、徒歩のままテレビ局に向かう。この日のためにいつもは履かないヒールを履いているので、足元がおぼつかない。

テレビ局ではスタッフの人が玄関で迎えてくれた。挨拶をして、メイクルームに通される。人にメイクをされるのなんて、デパートのコスメ売り場でしか体験したことがない。それにフルメイクはデパートではやってもらえない。プロのメイクの人に丁寧にメイクをしてもらうと、肌がとても綺麗になる。ファンデーションはどこのものを使っているのか気になるのだが、どうせ自分では買えないだろうなと思い、聞かないでおいた。恥ずかしながら私が使っている化粧品はドラッグストアコスメでも一番安いもので、五百円もしないファンデーションに千円もしない化粧下地である。一時期は頑張って高いものを買ったこともあったが、どうやってもお金が続かないので、やめてしまった。こんなに貧乏な自分がテレビに出るというのもちぐはぐな感じがする。

出演の時間が迫り、スタジオに向かう。テレビでよく見る芸能人が朝の挨拶をカメラに向かって告げている。私は台本を手にして、ドキドキしながらスタッフの指示に従う。出番が来て、椅子に座るとカメラが私を捉える。台本のセリフを確認しながら出演者たちと会話を交わす。昨日、リハーサルしたとはいえ、やはり緊張する。猫背の私は背筋をピンと伸ばす。子どもの頃、いつも母に「猫背だから背中を伸ばす！」と背中を叩かれていて、小学生の頃は謎の背筋矯正ベルトをつけさせられていた。それが痛くて子どもの頃はとても苦痛だった。背筋矯正ベルトは猫背を矯正してくれなかった上に、私の心を歪んだものにした。姿勢が悪いことは子どもの頃の私にとって、悪だった。けれど、どうやっても治らなくて、罪の意識を感じていた。今でも誰かに背中を触られると「背筋を伸ばす！」という母の声が飛んでくる気がしてビクッとしてしまう。

最初の出番が終わり、後ろにはける。視聴者からのファックスに答えるため、六百通近いファックスを番組スタッフとチェックする。ファックスを選んでいるときに、ディレクターから声をかけられた。

「この人知ってる？　小林さんの後輩だって」

渡されたファックスには記憶に残っている名前があった。中学の部活の後輩だと書かれていて、当時とても私に憧れていた、と書かれていた。私はとてもビックリした。中学のときはいじめに遭っていたし、とても目立たない生徒だったからだ。もちろん、目立たない美術部という中で、私のことを知ってくれていたのだけれど、私はなんだか心がこそばゆかった。

「このファックス、記念に持ち帰っていいですか？」

ディレクターに聞くと、

「構わないよ」

と言ってくれたので、バッグにしまい込んだ。

テレビの影響力をしみじみと感じた。やはり、ネットよりもテレビの方が目に触れる絶対数は多い気がする。兄と父はこのテレビ番組を見ているのだろうか。もちろん知らせてはいないが、少し気になった。

番組も終盤を迎え、最後のファックスを紹介して、長かった生放送が終わった。私はフラフラになりながら、スタジオを出る。こんなものを毎日やっているなんて、芸能人やアナウンサーは私とは心臓の出来具合が違うのだろう。彼ら、彼女らの仕事に感心しながら、お疲れさまの挨拶をして、自宅に帰るために用意してもらったタクシーに乗り込んだ。一応出演者のため、行きも帰りもタクシーを用意してもらえるのだ。

スマホを開くと友だちから何件かラインがきていた。それに返事を返しながら、私は疲れて目を瞑る。車は高速に入って、私の住む千葉まで向かう。学生時代の親友の父親は一流企業に勤めていて、仕事を退職したときに、東京の会社から茨城の自宅まで、タクシーで帰らせてもらえたと聞いて、とても驚いた。素直に羨ましいと思い、東京から自宅までタクシーで帰れるなんて私の人生ではありえないだろうと思っていた。しかし、この歳になってあっけなくそれは叶った。人生はよく分からない。

精神病院の閉鎖病棟に入り、生活保護まで受けた人間なのに、最近は信じられないくらい周りによくしてもらっている。もう、私は過去の痛みを忘れなければいけないのかもしれない。罵られたことや、裏切られたこと、信じてもらえなかったことを。けれど、時々、過去の痛みや苦しみが発作のように襲ってくることがある。私はいつになったら本当の幸せにたどり着けるのだろう。

アパートの近くでタクシーを止めてもらう。キャリーバッグを引きながら、近くのコンビニで缶チューハイを二本買う。アパートに戻ると、家を出たときのままになっていて、少し散らかっていた。座椅子に座ってプルタブを開けて缶チューハイを飲み干す。

「あ〜、疲れた」

思わずひとりごちる。テレビをつけて、録画しておいた生放送を確認する。テレビに映る私は顔がパンパンだった。薬の副作用と酒の飲み過ぎで、体重の増減を何回も繰り返した私は、すでにどれくらいの体重がちょうどいいのか分からない。精神科に通う前はずっと47キロだったのだが、そんな体重には戻れそうにない。時々、思い出したように激しいダイエットをすることがあるのだが、あの飢餓感を思うともう一度やる勇気が出ない。

友だちにラインをして、テレビの話をする。私と同じ名前のえりこちゃんは短大時代の気の置けない友人だ。

「エリコ先輩は、本当にすごいよね。こんなに恵まれた人生、なかなかないよ！」

えりこちゃんが明るい声で言う。

「そんなことないよ。そりゃあ、テレビに出るなんてなかなかないことだけれど、年収だってめちゃくちゃ低いし、ボーナスもないし、家族もいないし」

缶チューハイを片手に私は声を低くする。

「でも、羨ましいよー！　芸能人と一緒にテレビ出られるんだよ！」

えりこちゃんはテンション高めに続ける。えりこちゃんは私のことを羨ましいと言うけれど、私はえりこちゃんが羨ましい。結婚をして、子どもがいて、最近都内にマンションを買った彼女の人生の方が輝いて見える。

「そんなことないよ。私だって、えりこちゃんみたいに好きな人と結婚したかったよ。好きな人と結婚して、家庭を持ってみたかったよ」

お酒のせいだろうか、私は涙が出てきてしまい、泣き出してしまった。

「えりこちゃんはいいじゃん。好きな人と結婚できて。可愛い子どももいて。私はテレビに出たって、家に帰ったら一人なんだよ。誰も私のことを待っててくれないんだよ」

涙が止まらなくなり、えりこちゃんを責めるような言葉を発してしまう。

「家族が欲しいって言うけどさ、家族ってそんなにいいもんでもないよ」

励ましてくれるえりこちゃんの言葉を聞いても、涙が止まらない。

「エリコ先輩、疲れてるんだよ。休んだら」

そう言うえりこちゃんの言葉にハッとした。

「うん、昨日はリハーサルで、今日も朝早かったし、疲れてるのかも。もう寝るよ」

そう言って通話を切った。

敷きっぱなしの布団に潜りながら過去のことを思い出していた。私が初めて自殺未遂をして、実家に戻ってきたときの母との言い争いだ。このシーンは落ち込んでいると何度も思い出される。

「私は美大に行きたかったのに、なんでお母さんは反対したの？　行きたくない国文科の短大なんかに行ったのは本当に辛かった。私の人生がこんな風におかしくなったのは、お母さんが私のやりたいことに反対したせいだ」

母は、責め立てる娘の前で泣きながら言った。

「普通に就職して、普通に結婚して欲しかったのよ」

私は家庭というものに深く絶望していた。横暴に振る舞う父と、それに従うしかない母の姿を見て育った私は、誰の庇護も受けず、一人で暮らしていくのだと決意していた。子どもすら欲しくなかった。自分の子ども時代が地獄だったことを思うと、同じ轍を踏ませるものかという思いが強く、新しい命をつくる気にならなかった。何より、自分に自信のない私が、一人の人間を育てるなどという大それたことをできる気がしなかった。

そして、一番絶望したのは、母の願いを叶えるために、自分は美大に行きたいという願いを捨てさせられたということだった。

「お母さんの幸せは、私の幸せじゃない！」

私は母に言い放った。娘が結婚すれば幸せだと母は思っているのだろうが、私にとって結婚は不幸の始まりなのだ。

男の人と付き合ったことはあるけれど、いつも好きではない人と付き合っていた。短大生のとき、初めて男の人を好きになったが、彼に振られてから、私は自分が好きな人と付き合えるということはこの先起こらないだろうと信じていた。だから、告白をされれば誰とでも付き合った。

もちろん、付き合っていれば、相手のことを好きになるかもしれないという期待もあったが、私に告白をしてきた人たちは、私を罵り、私から強奪するような人たちで、私はちっとも彼らを好きになれなかった。彼らと付き合っている間、結婚のことはまったく考えなかった。彼らと一生一緒に暮らすことは想像し難かったし、彼らも私とずっと一緒にいる気は毛頭なかったようだ。

そんな私の考えが変わったのは、三十代中頃に付き合った人が原因だった。SNSを介して知り合った彼は、当時私が発行していたミニコミのファンであった。自分でも絵を描いているという彼は、とても面白い人で、優しかった。私は徐々に彼のことを好きになり、自分から告白した。めでたく付き合うことになり、彼と一緒にいるうちに、離れる時間があるのが惜しくなった。彼は普通に人に優しくできる人で、土用の丑の日に一緒にうなぎを食べたとき、自分の丼に入っているる方が大きいうなぎだったからと、それを私のうなぎと取り替えたり、私にお茶を出すときは、自分が持っている中で一番いいカップで私に出した。自分より私を優先してくれる人は私の過去の彼氏にはいなかった。

思えば、私は随分ひどい人とばかり付き合っていた。実家で飼っているペットの犬を二階から投げて熱湯を浴びせかける人や、私の家に年中泊まりながら、自分のアパートには別の女がいたりする人だった。そんな彼らを愛せないのは当然といえば当然だったのかもしれない。

私は優しい彼から一緒に暮らそうと言われたとき、嬉しくて涙が出た。そして、この人となら家族になってもいいと心から思った。ずっと、家庭というものを憎んでいたが、それを彼は氷解させてくれた。しかし、結局うまくいかず、私たちは別れることになった。残ったのは「誰かと家族をつくりたかった」という思いだけだった。

けれど、彼と別れてから好きな人はできず、何も起こらないまま何年も経った。私は歳を重ね、鏡に映る自分の姿を見て、自分の中に若さがないことに気がつく。もう、男性と愛し合うことはできないかもしれない。

歳を重ねるにつれ、女が一人で生きていくことの難しさを感じる。彼氏と別れて男の出入りがなくなったとたんに訪問販売が激増し、アパートに一人で居づらくなった。

女が男と結婚する理由は、社会から身を守るためでもあるのだと最近になって理解した。そして、何年働いても正社員になれず、低い年収で生活していると男に頼りたくなる自分がいる。もしかしたら、母も同じだったのかもしれない。まぶたを閉じると台所で料理をしている母の姿が浮かんでくる。

母の時代の女たちは、結婚をするのが当たり前だった。もっと言ってしまえば結婚しない将来がなかったのではないか。現代では働き続けることもできるし、結婚しないという選択肢もある。選べる道が増えたけれども女の道がいばらの道であることには変わりない。

私が今考えているのは、お金を貯めて、少し田舎で中古のマンションを買って猫と暮らすということだ。何も人間だけが家族とは限らない。私の帰りを待ち、私のことを癒してくれるのは動物でも良いと思う。

時々、ネットで中古物件の情報を眺めているが、私の本が大ヒットしない限りはその夢が叶いそうにないことに軽く絶望する。やはり、一人で生きる道を歩まなければならないのだろうか。

08

いい人が得をするとは限らない

夕食を済ませてパソコンを立ち上げる。ツイッターをちょっとのぞいた後、不動産のページを開く。自分が住んでいる地域で中古のマンションを探すが、軒並み高い。三千万、二千万、そんな数字ばかり眺めていると落ち込んでくる。少し範囲を広げて再度検索をかける。不便な駅や都心から離れるほど、値段は下がっていく。数々の物件を見ながら、それでも簡単には買えるもんじゃないなとため息をつく。

「一生、賃貸かなあ。でも、年を取ってからだと年金だけじゃ家賃まで払えないし。やっぱり老後は生活保護になるのかなあ」

そんな暗い言葉をつぶやいているときに、ふと一つの物件が目に留まった。千葉県の松戸にある「ルビーマンション」。私はこのマンションを知っている。間取りを見て、それを確信する。

「松戸のおばちゃんが住んでたマンションだ」

こんな形で松戸のおばちゃんのことを思い出すとは思わなかった。そういえば、彼女のことを随分長い間忘れていた。

松戸のおばちゃんは父方の祖母の姉だ。私にとっては大伯母にあたる。苗字も名前も知らない。松戸に住んでいるから「松戸のおばちゃん」と私たち家族はそう呼んでいた。

おばちゃんの家には年に一回くらい祖母が連れて行ってくれた。松戸は千葉県にしては栄えていてデパートまであった。駅から少し行くと大きなマンションがあって、団地に住んでいる私にとって、おばちゃんは大金持ちのように見えた。

「あらあら、よく来たね」

おばちゃんが優しい声を出して私を迎える。おばちゃんは広いマンションに一人で住んでいた。なんで一人なのか少し不思議だったが、聞くのは失礼な気がして聞かないでおいた。

小学生にとって、おばちゃんの家はおもちゃがないので退屈だったが、用意してもらったお菓子を食べて、窓の外をぼんやり眺めたりしていた。祖母とおばちゃんはなにやら長い話をしている。二人がどういう姉妹だったのか、私にはわからない。けれど、あの歳になってもまだ会っていたということは仲が良かったのかもしれない。とはいえ、二人の話には笑い声とかそういったものはまったくなくて、ただ静かに何かを話しているだけだった。私は退屈なので、「ちょっと出かけてくるー！」と言って、おばちゃんのマンションを後にした。

マンションを出てしばらく歩くと、川が流れていて私は草や花をむしりながら川べりを散歩した。季節は夏を過ぎて秋が近づいていて、空に目をやるとトンボが空を舞っている。音もなく静かに空を飛ぶトンボは近くにある枯れた木の枝に止まった。私はそっとトンボの後ろに手をやり、羽をつかもうとした。しかし、気づかれてしまい、ふわっとトンボは空に舞う。私は何度かそうやってトンボと格闘しているうちに、一匹の赤とんぼを捕まえた。腹が真っ赤に染まり、綺麗だった。私は力を入れないように胴体を持って、マンションまで赤とんぼを持ち帰った。

「おばちゃん！　赤とんぼ捕まえたよ！」

おばちゃんは私の手に握られた赤とんぼを見て、

「あら、よく捕まえたね」

と言ってくれた。

「おばちゃん、糸出して」

私がそう言うと、おばちゃんは裁縫箱から糸を出してくれた。私はそれをピーッと伸ばして、チョキンと切った。そして、糸の先っぽを赤とんぼの首に縛り付けた。

「こうやってね、糸をつけて飛ばすの」

小学生の私は無邪気にそんなことを言った。きっと絵本で読んだわらしべ長者が藁の先にあぶをつけていたのを思い出したのかもしれない。しかし、糸を結んだ途端、首に回された糸が赤とんぼの首をプツリと切って、赤とんぼの頭はポロリともげた。

「あーあ、赤とんぼ死んじゃった」

無邪気さゆえの子どもの残酷さ。赤とんぼは子どものいたずらによって命を落とした。しかし、幼い私には命の重さがわからなくて、機械仕掛けのおもちゃが壊れたみたいな感覚だった。私は赤とんぼを窓から捨てようとした。

「ダメよ、エリちゃん」

おばちゃんは私を制した。おばちゃんは私がやることに対して、文句を言うことがない人だったので、珍しくてびっくりした。

「貸してごらん」

おばちゃんは赤とんぼをティッシュに包むと、タンスの奥から小さくて綺麗なお菓子の箱を出してきた。そこに赤とんぼをそっと入れると、私に向かってこう言った。

「赤とんぼのお墓をつくりましょう」

おばちゃんとマンションを出て、川べりへ行く。人気のない場所を見つけて、スコップで土を掘った。赤とんぼが入った小さな菓子箱を置いて、土をかける。

「お花を摘んできて」

私はおばちゃんの指示に従って、そこいらへんに生えている雑草から綺麗なものを選んで摘んできて、それを二人でお墓に供えた。

「南無阿弥陀仏、南無阿弥陀仏」

おばちゃんは手を合わせてお祈りをした。私も手を合わせて、念仏を唱えた。

私は自分が殺した赤とんぼに命があるということをこのとき初めて知った。子どもの無邪気さからたくさんの虫を殺してきたが、それは良くないことだと誰も教えてくれなかった。おばちゃんは私に初めて命の尊さを教えてくれたのだった。

それからもおばちゃんの家には祖母と何回か遊びに行った。しかし、私が中学生になった頃にはいつの間にかおばちゃんの家には行かなくなった。そうやって何年か過ごして私が高校生になったとき、おばちゃんの身に大変なことが起こった。

「聞いてくれよ。職場に電話がかかってきたんだけど、松戸のおばちゃん、ルビーマンションを出て、ボロボロのアパートで塩と味噌だけを舐めて暮らしているらしい。俺、職場で声を上げて泣いたよ」

父が苦しそうな表情をしながら、私たち家族にそう告げた。

「あのマンションはどうなっているの?」

母が父に聞く。

「おばちゃんには息子がいて、その息子が最近結婚したんだと。だけど、その嫁が相当悪い嫁で、おばちゃんがいいマンションに住んでいるのを知って、無理やり追い出して、売っちまったらしい」

母も私も声が出ない。

「きっと、おばちゃんの年金にも手を出しているかもしれない。味噌と塩だけで、ガリガリになっているって聞いて、俺は……」

父は泣きそうになっている。

「今度の週末におばちゃんの様子を見てくるよ」

父はとても悲しそうな声で言った。この頃、私は祖母がどうしていたのかをはっきり覚えていない。とにかく、父が松戸のおばちゃんの様子を見に行くことになった。週末、父はなんとかおばちゃんに会って、食料品などを渡してきた。

「なあ、おばちゃんをうちで引き取らないか」

父は母に向かって言った。

「そうは言っても、うちは団地で、こんなに狭いのよ。寝る場所もないわよ」

それは事実で、うちは兄が一部屋、私が一部屋。両親は居間に布団を敷いて寝ていた。本当におばちゃんが寝る部屋はない。

「確かにそうだけど、あの姿を見ると、なんとかしてやらなきゃって思ってな」

父は母や私に対しては愛情が薄いのだが、自分が育った原家族に関わる人にはなぜだか情に厚い。父は週末、できる限りおばちゃんの家に行った。しかし、おばちゃんはわりかし早く倒れて入院した。

私は週末、母と一緒におばちゃんのお見舞いに行くことになった。大きな総合病院に着いて、母と一緒におばちゃんの病室を探す。

「ここだわ」

そう言う母の後について大部屋に入ると、骨と皮だけになったおばちゃんがいた。おばちゃんは昔の面影などどこにもなくて、別人みたいに見えた。腕には黒い斑点が浮き上がっていて、ここにくるまでの苦痛を表していた。

「おばちゃん、エリコだよ」

私は寝ているおばちゃんに話しかけた。おばちゃんは何も言わない。顔には深いシワが刻まれていた。

「おばちゃん、わかります？」

母が尋ねるとうっすらと目を開けた。そして、誰だかわからない人の名前を呼んだ。

「……かい？」

おばちゃんは誰を呼んでいるのだろう。息子だろうか、夫だろうか、それとも私たちが知らない誰かだろうか。

「ちょっとナースルームに行ってくる。エリちゃんはここで待ってて」

母が私を置いていってしまった。私はおばちゃんのガリガリの手を握り、優しく言葉をかけ続けた。すると、突然声をかけられた。

「ちょっと、そちら家族の方？」

看護師が私を見ている。

「え、はい、まあ、一応そうです」

私がおどおどして答えると、看護師は怒ったように言葉を続ける。

「オムツ、早く買ってくださらない？　もうとっくに切らしているんですよ。売店にもありますから」

看護師は明らかに高校生である私に向かって、ぶっきらぼうにそう言ってきた。そして、力なく寝ているおばちゃんをベッドから乱暴に起こした。おばちゃんはびっくりして目をかっと見開いた。看護師は乱暴にオムツを替えると、私に「売店に行ってください！」と念押しして去っていく。私は財布を持って、病室を出た。けれど、初めて訪れた病院ゆえ売店の場所がわからない。人に聞く勇気も出なくて、ふらふらとそこいらを歩いてから、何も買わずに戻ってきた。後で、母に言って買ってきてもらおうと思ったのだ。

病室に戻ると、今度は怒鳴り声が聞こえる。

「ほんっとにあんたにお金がかかってしょうがないよ！　入院費用が一体どれだけかかると思ってるのよ！」

見ると、松戸のおばちゃんの前で、女性が怒鳴っている。きっと、〝鬼嫁〟に違いない。

「あんたのせいで、こっちは本当に大変なんだから！　迷惑ばかりかけて！」

そう言って、肉がほとんどないおばちゃんの腕をつねる。私は恐ろしくて近づくことができない。すると、鬼嫁は私の存在に気がついた。

「あら、あなた、茨城の……」

鬼嫁が私に言う。

「あ、はい」

私は縮こまったまま頷いた。

「ふーん、そう」

そう言って私を一瞥すると鬼嫁は消えた。その後、母が帰ってきた。私は鬼嫁が来たことと、おばちゃんのオムツのことを母に伝えた。そうしてから、病室を後にした。私は鬼嫁が寸分違わず鬼嫁だということに心底驚き、これ以上、おばちゃんから何を奪う気なのだろうと疑問だった。そして、数週間後、おばちゃんは亡くなった。鬼嫁がおばちゃんの命を奪ったのだ。

からりと晴れた秋の日、おばちゃんの葬儀が行われた。お通夜も告別式もなく、いきなり火葬場に行くと両親に言われて私は少しびっくりしたが、家族で喪服を着て家を出た。大きな火葬炉の前には写真と花が飾られている。おばちゃんが焼かれているのだろうか、と思って近づいたが、違う人の写真だった。

「おばちゃんを焼いているところ、どこだろう」

家族四人でウロウロして探すのだが、見当たらない。確かに、今日のこの時間のはずなのだが。

「あった！　こっちだ！」

兄が火葬炉の横にある、小さな取っ手がついている粗末なドアを指差した。そこにはおばちゃんの小さな遺影があった。

正面の火葬炉は大きな祭壇があり、ドアも装飾が施してあって立派な上に、お坊さんがずっとお経をあげているのに、おばちゃんの方はあまりにも貧相で惨めな火葬炉だった。緑色の錆びたドアの前には花すら飾られていない。人間は死ぬときだって平等ではないというのがとても辛かった。

しばらくすると、鬼嫁とおばちゃんの息子が現れた。息子はおどおどとしていて、小さくなっていた。お坊さんがやってきて、短めのお経をあげると、それですべて終わってしまった。あっという間のお葬式だった。

火葬場を出て、駅に向かう途中、鬼嫁が私たちに言ってきた。

「いやー、葬式って結構かかるんですね。二十万もかかりましたよ。まあ、やっと終わってホッとしたかなー。お寿司でも食べに行きます？」

明るい調子でそんなことを言ってきた。おばちゃんの息子は一言も言葉を発さない。

「いえ、うちはもう帰るんで」

母が断った。父はどんどん先を歩いている。私と兄は居心地悪く両親の後を追った。

ふと、空を見上げると、トンボが舞っていた。きっと、おばちゃんを弔っているのだろう。秋空はどこまでも高く澄み渡り、トンボの羽がキラキラと光を反射していた。

私が知っている松戸のおばちゃんはとても良い人で、後から聞いた話では、息子をとても可愛がっていたらしく、なんでも買ってやり、好きなようにさせて育てたそうだ。しかし、結局、とんでもない人間を嫁にして、おばちゃんはその嫁に財産と命を奪われた。

おばちゃんの人生を思うと、悔しくてやりきれなくなる。私にトンボの命の大切さを教えてくれたのに、おばちゃんはトンボ以下の扱いを受けた。

まったくもって世の中は理不尽だ。良い者が得するとは限らない。むしろ、悪い者の方が人から金を巻き上げ、良い思いをするようにできている。だからと言って私には悪人になる勇気もない。臆病者の私は、目立たぬようにひっそりと息を殺して生きている。

09 罪悪感を刺激する祖母

仕事中、無性に死にたくなった。突然死にたくなるというのは私にはよくあることなので、大したことではないのだが、死にたいのはやはり辛い。金曜日ということもあり、仕事の疲れがたまっているのもあるし、楽しい週末に誰とも会う予定がないというのもある。

やはり、人間は結婚をして家庭を持つのが心の健康のためにいいのかもしれない。家にいれば誰かがいて、それとなく言葉をかけ合う。私はそれを十年以上やっていない。自由な時間は死ぬほどあるが、いつもそれを持て余す。結婚している友だちは「自由で羨ましい」というけれど、私はあなたたちが羨ましい。子どもを育てるという人生における目標があり、日々すべき雑事がある。

机から抗うつ剤を取り出して、麦茶で飲み干す。パソコンに向かい、キーボードを叩く。しばらくすると、胸のつかえが少し取れた。

なんだかんだ言って薬は効く。しかし、喉の渇きがひどい。薬の副作用だから仕方がないと言い聞かせても、喉の奥が焼けるように熱くて耐えられず、麦茶をガブガブと飲む。ここまでして生きなければならない人生なのだろうか。そう考えると目頭が熱くなってくる。私はそれを振りほどき、仕事に集中する。頼まれた仕事をなんとかこなし、定時を少し過ぎた後、パソコンの電源を落とす。今日はこれから新宿に行って映画を観てくるつもりだ。

電車に乗り、新宿へ向かう。まだ映画まで少し時間があるので、居酒屋に入った。ホッピーセットを注文し、モツ煮と焼き鳥を何個か注文する。店内は賑わっているが、一人の客も意外に多い。

父は会社が終わって、まっすぐに家に帰ってきたことがない。父もこういう風に居酒屋に入って一人で飲んでいたのだろうか。家に帰れば自分の子どもと妻がいるのに、家に帰りたくない理由がわからない。私だったら居酒屋になんか寄らないで、まっすぐに帰るのに。

そのとき、ふと、父は私たち家族のことが好きじゃないから家に帰りたくなかったのかなという考えが頭に湧いてきて消えなくなった。会計を済ませ、居酒屋を出て映画館に向かった。

新宿武蔵野館という映画館で上映している『アメリカン・アニマルズ』を観ることにした。映画館は少し狭いが、椅子はなかなか快適だった。会場の灯りが落ちて、真っ暗になる。私はこの瞬間がとても好きだ。違う世界に誘われる儀式は、現実の悩みや苦しみを一旦白紙にしてくれる。

映画はアメリカの大学生が起こした窃盗事件がテーマだった。『オーシャンズイレブン』のように華やかな窃盗事件ではなく、ダサくてかっこ悪いものだったが、なかなか面白くて、あっという間に時間が過ぎた。映画が終わり、スッと席を立ちいそいそと帰宅する。父はせっかちなのでエンドロールを観ないでいつもすぐに席を立っていた。その影響からか私もあまりエンドロールを最後まで観ない。父と観たときは、この後に居酒屋に行って、映画の感想を言い合うのが常だった。でも、今の私には誰もいない。気だるい体を抱えたまま電車に乗り込み、家路につく。

私はあと何回この退屈な週末を繰り返せば死ねるのだろうか。電車に乗っていると、ふと、年老いた老婆が目に入った。私は父方の祖母のことを思い出した。もう亡くなっているが、私は祖母が大嫌いだった。死んだ人のことを悪く思う私は悪人なのかもしれない。

祖母は大きな一戸建てに祖父と自分の娘と一緒に住んでいたが、祖父が亡くなってから、少しおかしくなった。近所の人が自分に嫌がらせをしていると思い込んで、いつもその悪口を私たち家族に言ってきた。

祖母の娘、私から見た叔母は、祖母のために引っ越しを決意した。大きなマンションに移ったのだが、それでも祖母の被害妄想は消えない。上に住んでいる人間が嫌がらせをしていると言い張り、マンションの天井をほうきの柄でドンドン突いていた。祖母には友だちがいなかった。どこかの老人サークルに入って、日中を誰かと過ごすこともせず、ただじっと一日中家の中で過ごしていた。

祖母はいつの頃からか、目が見えなくなってしまった。眼球自体には悪いところはないのだけれど、まぶたが開かないのだ。そのため、何かを見るときは、自分の手でまぶたを開かないといけない。まぶたが開かず、あまりものがよく見えない祖母は決まって「目が見えない私は可哀想だ」と言っていた。子どもの頃、私はそれを何回も聞かされた。自分を可哀想だという祖母の言葉をずっと聞いていると、健康な私が悪人のように思えた。私は出かけるときはいつも祖母の手を引いていた。祖母は私の腕をしっかりと握りヨレヨレと歩いた。可哀想な祖母を私は助けなければならないと思っていた。

祖母の言動は私に罪悪感を抱かせた。祖母の目が見えないことは私の責任ではないのに。「可哀想な人」の立ち位置をとる祖母は、大人なのに子どもの私にケアをしろと無言の圧力をかけていたのだと思う。

「目が見えないから、テレビが見られない。だから、いつもラジオを聴いている」

祖母のその言葉を聞いて、私は本当に祖母が可哀想だと思った。ラジオよりテレビの方が面白いものが多いと思っていたし、何かできないことがある祖母が不憫だった。祖母は孫の声が聞きたくて、よく電話をかけてきてくれたが、兄は遊び歩いて家にいないので、私がいつも話し相手になった。祖母と話しながら、私はある考えを思いついた。私がラジオのDJになって、祖母を楽しませようと思ったのだ。十歳くらいの頃だろうか、家にあるカセットデッキの録音ボタンを押して、私は色々おしゃべりをして、時々自分の好きな歌手の曲を入れたりして、祖母に楽しんでもらおうと工夫を重ねた。それを祖母に渡すと、祖母は受け取ってくれた。ちゃんと聞いてくれて「また作って欲しい」と言ってきた。私は月に一回くらいのペースで、カセットテープに自分の声を録音した。話すことがなくなってくると、曲を入れてごまかした。そうすると、祖母から「あまり曲ばかり入れないでくれ」と注文が来た。

祖母があのテープをどう思っていたのかはよく分からない。ただ、亡くなった後、部屋からそのテープが出てきたので、楽しんでくれていたのかもしれない。

私は祖母のために頑張っていたが、祖母が好きなのは兄の方だった。母から聞いたのだが、私が生まれたとき、母の体調が優れず大変だったらしく、私が小さい間、兄を祖母に預かってもらっていたらしい。家のアルバムには祖母の家の前でにっこりと笑う兄の写真が大きく引き伸ばされてしまわれていた。私の写真は圧倒的に少なく、いかに初孫であり、長男である兄が可愛がられたかを浮き彫りにしていた。

兄は、自分が祖母に愛されていることを知っていたので、祖母の家にちょくちょく遊びに行ってはお小遣いをもらっていた。私が遊びに行っても、祖母はお小遣いをくれなかった。それどころか、兄が高校生のときに、祖母は兄が車を買いたいというので、三百万円貸した。その数年後に祖母は亡くなったので、多分、あのお金は返していないと思う。

思い返すと、私は祖母に褒めてもらったり、甘やかしてもらった記憶がない。中学生のとき、家族と祖母とで出かけたとき、祖母は私が持っている布のトートバッグを見て「何、そのずた袋は」と見下すように言った。だからといって、いいバッグを買ってくれるわけでもない。私は「いいじゃん、気に入っているんだから」と答えて、シワシワの祖母の手を引いた。自分のことを悪く言われようと、私は祖母を助け続けなければならない。そして、祖母の目は一向に良くなっていなかった。

祖母はいつも、大学病院をたくさん回っていた。自分の目を治すために、たくさんの医者に診てもらっていたのだ。ある日のこと、

「この軟膏をまぶたに塗ると、目が開く」
そう言って、祖母は病院で処方されたその軟膏を盲信し始めた。まぶたにべったりと塗り、「これはなんにでも効くいい薬だから」と言って、私の唇にも塗った。私は祖母に会うたびに、謎の軟膏をべったりと塗られ、同じものを大量に渡された。正式名称もわからず、祖母が「唇ヒリヒリ」と呼ぶので、その薬の名称はそれになった。私は「唇ヒリヒリ」を大量に塗られすぎたせいか、自分の唇の力が落ちて、いつも唇がカサカサになり、リップクリームが手放せなくなった。四十歳をすぎた今でもリップクリームが手放せない。祖母の呪いはまだ続いている。

祖母が亡くなったのは私が高校生のときだった。マンションに引っ越してからも近所から嫌がらせを受けていると訴える祖母のために、叔母は再び引越しをして、新築の一戸建てを買った。祖母は広い一戸建てに住みながら、お金がもったいないからという理由で寒い冬でも暖房をつけないで、電気毛布にくるまっていた。それが原因だったのだろうか、突然倒れて、病院に運ばれた。何日間か入院していて、私もお見舞いに行った。祖母は喉に痰が絡み、痰が吸引されるたびに苦しんでいた。私は目の前で、看護師たちに囲まれて、息も絶え絶えになっている祖母を見て怖くなり、早くこの場から立ち去りたいと思った。あんなに苦しんでいるのなら、死んだほうが楽になるのではないか、そう思った矢先、祖母は死んだ。

雪が降る寒い冬の日だった。祖母の遺体は家に帰ってきた。祖母が死んだという事実はなんとなく信じられなくて、心が落ち着かない。

家族で火葬場に行き、祖母の遺体を焼いた。鉄の扉の奥に入っていく棺桶。何時間かすると、祖母の遺体は真っ白な骨だけになっていた。それを見た瞬間、父は足元から崩れ落ちた。

「お袋……！」

私は父の涙を初めて見た。私はその姿を見ながら、茶番劇を見ているような気持ちだった。祖母は叔母が旅行に行っているときに、私たちの家によく泊まりに来ていたけど、そのあいだ、父が会社から早く帰ってくることもなかったし、休みの日にどこかに連れていくこともなかった。祖母が家に来ても、父はいつも通り、飲み歩き、競馬と競輪に行っていた。そんな父が祖母の死を悲しむのはおかしいと思った。
叔母もひどく悲しみ、とても落ち込んでいた。火葬場から帰ってきて、お葬式に使う写真を祖母の部屋で一緒に探していると、よく撮れた一枚の写真が出てきた。その裏には「葬式の写真に使ってください」と手書きで書かれていた。叔母は激しく泣き、その感情の高ぶりのまま、最高に豪華なお葬式をあげた。大量の菊の花に、たくさんの椅子。芸能人か政治家が死んだのかと思ったくらいだ。それなのに、祖母のお葬式には人がほとんど来なかった。五、六人くらいだったと思う。

思えば、祖母の人生を私はほとんど知らない。写真で見た祖父に一目惚れをして追いかけて結婚したのち、祖父はシベリア抑留に遭い、帰国できなかった。祖母はその後、ホステスをして子どもを育てたということくらいしか知らない。祖母のお葬式の後、家に祖母の古い知り合いだという女性が来て、叔母と父と一緒になにやら話し込んでいた。私はその姿を横目で見て、その場を去った。あまり、祖母の人生に興味が持てなかった。

祖母は優しい人ではなかった。世界中で一番自分が可哀想だと訴えるその姿は大人の姿ではない。私は祖母の前に出るのが怖かった。お前は幸せだと罵られている気がするからだ。

祖母がよく作ってくれた料理はすいとんだった。小麦粉を水で溶いて団子状にし、めんつゆで煮た具材と一緒に浮かべて食べる。戦中戦後に食べていたらしく、なぜだかそれをよく作った。そして、「こんなに具が入っているすいとんを食べられるなんて、あんたたちは幸せだ」と言った。私は鶏肉や人参の入ったすいとんを食べながら、「自分は幸せ」と言い聞かせた。

しかし、私は学校ではいじめを受けていたし、家の中では横暴な父の前で小さくなり、いつも幸せでないと感じていた。それなのに、祖母を前にすると、いじめ程度で不幸だと嘆いている自分はいけない人間の気がした。祖母は私の不幸に耳を傾けてくれたことはなく、理解してくれようともしなかった。

私はそろそろ祖母が本当は幸せだったのだと思ってもいい気がする。一目惚れした男性と結婚し、子どもを産み、老後は娘と一緒に暮らしたのだ。病気で長く患うこともなかった。誰もこないお葬式だけれど、とても立派だった。それに比べて、私はどうだ。死んだとき、誰にも見つからず、アパートの一室で、一人で液状化している可能性が高いのだ。それを想像したら、あまりの無残さに少し吐き気がした。

家族関係の本を読んでいると「暴力は連鎖する」という記述をよく見る。父方の祖父は私が幼い頃に亡くなったせいもあり、あまり思い出がないのだが、花札を教えてくれて、一緒に遊んだ記憶がある。祖父は何回も負けてくれたので、優しい人だとずっと思っていたのだが、最近母と話をしたら、祖父は若い頃よくお酒を飲んで暴れていたと教えてくれた。

そう思うと、私の父も被害者だったのかもしれない。父は祖父が暴力を振るう姿を見て育ち、「暴力は振るってもいいもの」だと思うようになった。兄は父が暴力を振るう姿を見て、私に暴力を振るった。家族の中で起きる暴力は最終的に一番弱い者へと向かう。家族の中で最年少だった私はそれらをすべて受けなければならなかった。私は自分より弱いものを見つけることができず、ただ耐えていたのだ。

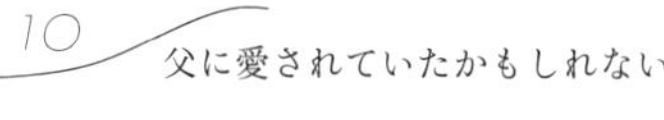

10

父に愛されていたかもしれない

仕事が終わってから、上野に向かいクリムト展を見にいった。クリムトは好きな画家だ。女性たちの艶かしい視線、金箔が貼られたキャンバスは豪華でありながら、上品でもある。西洋の画家でありながら、どこかオリエンタルな雰囲気もあり、構図も目を見張るものがある。仕事のカバンをロッカーに預けて会場に向かうが、中は大混雑だった。金曜の夕方でもこれなのだから、土日はもっと酷いのだろう。

中に入り、作品の説明文を読みながら歩き出す。薄明かりの中にたくさんの美女の姿が浮かぶ。しかし人が多いので、私は後ろの方で、人の頭の隙間から絵を眺めた。混んでいる絵は見るのを諦めて、空いている絵をゆっくり眺める。

私は自分も絵を描いているのだけれど、最近はそれをあまり公言したくなくなってきた。なぜなら、私の絵はとても下手だからだ。こうして歴史に名を残す名匠の作品を前にすると、コンプレックスが爆発する。狂いのないデッサン、計算された構図。絵の奥の方から「お前のようなものが絵を描いているとはおこがましい」と言う声が聞こえてきそうな気がする。

最近は絵筆を握っていない。絵を描かない人にはわからないかもしれないが、絵を描くというのは意外と体力を使う。特に大きいキャンバスに絵を描いていると、頭と体の両方を使うので、二時間くらいでぐったりして起き上がれなくなる。私は前の引っ越しのときに邪魔だからとたくさんの絵を捨ててしまった。少しもったいなかったかなと思ったが、私の絵を飾りたい人や欲しい人もいないだろうから、それはそれでいいのかもしれない。

クリムトの作品をすべて見終わって、会場を後にする。世の中に美術が好きな人ってこんなにいたのだろうか。学校で美術部に入っている人なんてごく僅かだったし、美術のテレビ番組だってごく少ない。美術館に行っているクラスメイトにも会ったことがない。

そういえば、私は子どもの頃、叔母に美術館に連れて行ってもらっていたことを思い出した。子どもの頃、私にとって美術館に行けるのは喜びだった。連れて行ってもらったのはイタリアルネッサンスの絵画や彫刻の展示だった。ルネッサンスは好きでも嫌いでもないが、美しいので嬉しかった。叔母は私のことを思って連れて行ってくれたのかもしれない。ふと、そう思って叔母と行った他の展示を思い出してみたら、すべての展示がイタリアルネッサンスに関するものだった。なぜ、同じような展示ばかり連れて行ってくれたのだろう。

はたと気がついた。叔母はイタリアが大好きで年に一回は必ず旅行に行っていたのだ。もしかして、叔母は私のために連れて行ってくれたのではなく、自分のために行っていたのではなかろうか。一人で行くのが嫌だから、私を連れて行ったのかもしれない。私は連れて行ってもらっていたのではなく、連れていかれていたのだ。それが分かったら、なんだか虚しくなって悲しくなった。私の絵に対する思いなど、誰も慮ってくれてはいなかったということだ。

叔母は一流企業に勤めていて、とてもお金持ちだった。母や父の話だと、秘書をしていたらしく、上司に随分可愛がってもらっていたと聞いた。スケジュール管理や上司の代わりにイベントに顔を出したりするのが仕事だ。叔母の世代は人が足りなくてしょうがない時代だったので、高学歴でなくても、一流の企業に行くことができた時代だった。

叔母は結婚をしなかった。幼い頃、母と近い年齢なのに、結婚をしない叔母が不思議でたまらず、何度か「なぜ結婚しないのか」と聞いたことがある。叔母は困った顔をしていた。

叔母に恋人がいたかどうかはまったく知らないが、ある程度の年齢になったとき、お見合いをしてお互い気に入ったのに、祖母が「男の顔が良くないからダメだ」と破談にしたと聞いたことがある。祖母は祖父の顔が気に入って結婚しただけあって面食いだった。しかし、自分が結婚するわけでもないのに、娘の見合いを破談にするというのもおかしな話だ。

それ以降、お見合いの話があったかなかったかわからないが、叔母は結婚することなく歳をとった。そして、祖母と一緒に暮らし続けた。祖母にとっては理想的な暮らしだったのではないだろうか。母親は息子よりも娘の方と暮らしたがると聞く。可愛い娘と死ぬまで一緒にいられた祖母は幸せ者だ。

パソコンが一般家庭に普及し始めた頃、叔母も早速パソコンを購入した。叔母は自分がずっと補助の立場の仕事しかしていないことに不満を感じていたらしく、会社でシステムの仕事が導入されて人材を募集しているときにそれに応募した。自分で配置転換を望んだのだ。

しかし、システムの仕事は高いパソコンのスキルが必要であり、歳をとっていて専門的に学んだことのない叔母にとっては重荷だった。叔母は自分で配置転換を望んだのにうまくやることができず、仕事に行けなくなってしまった。ずっと家の中で寝ている日々が続き、周囲の勧めもあって精神科に行った。うつ病だと言われたそうだ。

父はうつ病になった妹をとても熱心に看病していた。自分の会社を休み、妹の会社へ行き、元の配置に直してくれとお願いしたりしていたのだ。そのとき、娘の私もうつ病だった。高校生の私は精神科に通院しながら、学校に通っていた。当時、父から優しい言葉をかけられたとか、病気のことについて聞かれた思い出はまったくない。たまに親が病院に付き添ってくれることがあったが、そのときは母親がついてきた。叔母のことをとても心配する父を見ていると、父は自分でつくった家族より、自分が育った家族の方に愛着が強いのだと分かった。

私はうつ病で調子が悪いとき、私に必要なのは愛であると気がつき始めていた。私には誰かから愛されたという実感がまったくない。それは異性からのものでなくてもいい。親だったり友人だったりから与えられるものでもかまわない。ただ、誰かから強く必要とされ、労られ、いつも心に留めていてもらえる。私にはそういった人がいないのだ。

人が生まれたとき、最初に愛を与えてくれるのは両親だと思う。しかし、私には彼らから愛を与えられた感触も記憶もない。私の心はがらんどうで、真っ暗な闇が支配していた。死にたい気持ちを抱え込んで学校へ行っていたが、気分が晴れることはなかった。

叔母は父の必死の看病と、配置が元どおりになったことで、元気を取り戻した。一時期は会社を辞めるとまで言っていたのに、再び通えるようになった。私は回復した叔母の話を聞きながら、食後の抗うつ薬を飲んでいた。この頃には、まさか自分が何十年も服薬をし続けるとは思っていなかった。数年薬を飲めばよくなると思っていたのに、私の病気はまったくよくなってくれなかった。

大人になってから、休みの日にはサウナに行くようになった。ここ最近サウナがブームになっているけれど、私がサウナに入り始めたのは一、二年くらい前だ。銭湯は昔から好きでよく行っていたが、サウナにはあまり入っていなかった。思い切って入ってみようと思ったのは、父の影響がある。私の父はサウナが大好きだったのだ。

高校生の頃、父と一緒によく銭湯に行った。父は「お前もサウナに入ってみろ。そのあとの水風呂は最高だぞ」と教えてくれた。しかし、サウナに長時間入るのは息苦しいし、水風呂も冷たすぎてこんなものに入る人の気が知れない。しかし、大人になって父の教えを思い出し、我慢してサウナに入り、火照った体のまま水風呂に浸かったら、なんとか入れた。そして何回かサウナと水風呂を繰り返していたら、それが快感になってきた。熱いサウナに入り、血行を良くしたあと、冷たい水風呂に入り、外気浴で体を休める。その繰り返しをしていると、頭の中が空っぽになる。私はすっかりサウナの魅力にハマってしまった。

思えば、父はサウナが好きすぎて、家の中にサウナをつくると息巻いていたことがある。賃貸の団地にサウナなんかつけたら引っ越すときどうするのだ、と母と二人で大反対した。父は結局諦めたが、それでもサウナにはよく通っていた。

父と二人で銭湯に行くときは、二人で出る時間を決めておく。銭湯には大きな時計があるので、体を洗いながらそれを見て、父との待ち合わせの時間に遅れないようにした。二人で銭湯を出ると、少し離れたところにある居酒屋に入る。父はビール、私はジンジャーエールを頼む。父が決まって頼むのはモツの煮込み。私はあまり美味しくないなと思いながらそれをつまむ。高校生にはモツの良さがあまりわからない。食べ物ではハンバーグとかスパゲティとかそういった方が好みだ。それでも父と飲めるのは面白かった。父はマシンガンのように自分が話したい話をする。私はウンウンとそれに相槌を打つ。父は大した学校を出てはいないが、本はそれなりに読んでいた。父の本棚には文庫本の筒井康隆と山本周五郎がみっちり詰まっていた。そのほかにはビートたけし、RCサクセションの何かの本。後は『美味しんぼ』を全巻揃えていた。頭がいいラインナップとは言えないが、活字をまったく読まないよりかはいい。むしろ、私の母は活字をあまり読まない。買う本は料理の本とか健康の本とか、そういうのばかりだった。そして、父はそういう母をけなし、私のことを褒めた。

家族でテレビを見ているとき、「殉死」という単語がテレビに映った。

「お前、殉死の意味わからないだろ」

父は母に向かって言った。母は無言だった。

「エリコ、お前はわかるよな」

父がビールを傾けながら私に尋ねる。

「主人のために死ぬこと」

私がそう答えると父は嬉しそうにこう言うのだ。

「やっぱり、エリコはちゃんとわかるんだよな〜」

私はそれを嬉しいと思うが、母の手前、嬉しいとも顔に出せない。それと同時に、母がこんな簡単な単語がわからないのが悲しかった。

私は子どもの頃から、物語や小説が好きだった。お話の世界に浸っていると心地よかった。私の中で忘れられない思い出がある。小学校六年生のとき、吉本ばななが大流行した。吉本隆明の娘、新進気鋭の売れっ子作家。あっという間にたくさんの本が刊行され、テレビや雑誌では年中特集が組まれた。

ある日のこと、父が突然、

「エリコ、クリスマスプレゼント何がいい」

と、聞いてきた。

父は毎年こんなことを聞いてこない。父が子どもに何か買うときは気まぐれで、クリスマスプレゼントもたまたま思いついたのだろう。

「吉本ばななの本が欲しいな」

まだ小学校六年生だけど、私は大流行作家の本が読みたかった。

クリスマスの日、父は大きな紙袋を提げて帰ってきた。刊行されている吉本ばななの本をすべて買ってきたのだ。代表作の『キッチン』から『白河夜船』まで。五冊くらいはあった。私は両手で持ちきれない本を父から渡されて、喜びというより驚きで声が出ない。一冊で十分だよ、お父さん。心の中で叫んだ。

父は限度というものがわからない。どこかが過剰で、どこかが欠けているのだ。そして、その血を受け継いだ私も、父に似ているところがあると思う。

大人になった私は、父と同じように映画館ばかり行き、休日はサウナに入って、居酒屋でモツ煮を食べている。父のクローンのようになってしまった私は、父に愛されていたのかもしれないとぼんやり思い始めている。

11

私は父が好きだった

私の誕生日は七月八日だ。家族も恋人もいないので、イベントバー・エデンというお店で「小林エリコ生誕祭」と冠して誕生日イベントを開催した。

幼い頃、よく近所の友だちの誕生日会に呼ばれていた。私は雑貨屋さんでかわいい鉛筆や消しゴムを誕生日の主役のために選び、当日プレゼントした。誕生日の主役の子はかわいらしい洋服を着て、丸いケーキのろうそくを吹き消す。テーブルの上にはちらし寿司や唐揚げなんかが並んで、いつもの日より特別な日だというのが分かった。私は友だちの家でご馳走を食べながら、私はどうして主役になれないのだろうと思っていた。

私の母は、私のために誕生日会を開いてくれたことがない。もしかしたら一度くらいは開いてくれたことがあったかもしれないけど、ほとんど記憶にない。誕生日に誰かを家に呼ぶことはなくて、いつも通りの夜ご飯の後に丸いケーキが出てくるだけだった。一応、ろうそくを吹き消して家族が祝ってくれるけれど、私は友だちを呼んで誕生日会をやってみたかった。

思えば、大人になってからの私は、ずっと過去の自分に復讐をしている。「小林エリコ生誕祭」などと、圧のあるイベントを開いて、友だちに祝ってもらうのも、満たされなかった昔の思い出のためだ。

当日は実にたくさんの人が来てくれた。仕事でお世話になっている人。趣味の集まりで知り合った人。私の本の読者。そして、みんなプレゼントをくれた。高価な化粧品、有名店のお菓子、花束。私はお礼を言って受け取る。いつも死にたくて仕方がないのに、この日ばかりは嬉しくて泣きそうだった。私は誕生日プレゼントに欲しいものをもらったことがほとんどない。サプライズで親が用意してくれたものはまったく好きじゃないキャラクターの文房具などで、がっかりするものしか貰えなかった。でもそれは、自分が欲しいものを親に伝えるのが苦手だったからだと思う。欲求を伝えるのが苦手というのは小学生の頃からあった。

ある暑い夏の日、駅のホームで母が「喉が渇いているならジュースを買ってあげる」と言ったのだが、私は親にお金を使わせるのが悪いような気がして「喉は渇いてない」と言った。本当は喉がカラカラだったけど我慢したのだ。

母は「あらそう」と言って「じゃあ、お母さんは買うわね」と自販機でオレンジジュースを買った。私は母が喉を鳴らしながらジュースを飲むのを物欲しそうに眺めていた。母が「一口飲む？」と言って渡してきた缶ジュースを私は勢いよく飲んだ。母は私のその姿を見て呆れていた。「喉が渇いているなら、渇いているって言えばいいじゃない」。私は恥ずかしかった。

欲しいものがもらえなかった子ども時代だったけれど、大人になった今は随分たくさんの人から素敵なプレゼントをもらえるようになった。友だちがアンリシャルパンティエのホールケーキを買ってきてくれた。

「ハッピーバースディ、トゥーユー、ハッピーバースディ、トゥーユー、ハッピーバースディ、ディアエリコさーん、ハッピーバースディ、トゥーユー」

お店にいた人たちみんなが歌ってくれた。私はバカみたいにはしゃぎながらろうそくを吹き消す。私には家族がいないけれど友だちがいる。それだけでも十分幸せなことなのかもしれない。

夜になるとお祝いに来てくれた十年来の友人たちと話し込んだ。私は友だちのためにハイボールをつくりながら口を動かす。

「私、時々、結婚したいと思っちゃうんだよね。家に帰ると一人で寂しくて」

友だちが缶ビールを飲みながら答える。

「結婚なんてしないほうがいいよ。私、人生のどこに戻れるかって言われたら、結婚する前だね」

私はちょっとびっくりした。彼女には素敵な娘が三人もいるし、最近は孫も生まれた。

「えー、そうなの。そうなのかなあ」

私は言葉が続かない。

「エリコさん、フェミニズムの連載始めたけど、フェミニストは結婚なんて憧れないでしょ！」

友だちはズバズバとものを言う。

「そうなんだよね。フェミニズムの本をたくさん読んで、結婚がいかに女にとって不利なものなのか理解できているのになぜだか結婚したいんだよね」

私は手にしているコップに入った氷を眺める。

「エリコさんは保守だよ！　絶対そう」

友だちが断言した。

「えー、私自分のこと、リベラルだって思っているんだけど」

苦笑しながら答える。

でも、確かに保守なのかもしれない。私は父を完全に憎んでいない。家に金を入れず、毎晩タクシーで帰り、母に暴力を振るった父のことをどこかで恋しいと思っている。

そうこうしているうちに閉店の時間になった。店のオーナーがやってきて、売り上げの精算を手伝ってくれた。私は鍋や皿を洗い、片付けを始めた。

「小林さんの売り上げはいいですね。毎月やってもらいたいくらいです」

オーナーにそう言われて少し嬉しかった。

家に帰り、もらった花束を花瓶に飾ろうとするが、自分が花瓶を持っていないのに気がついた。仕方ないので、使っていないコップに水を入れて花を生けた。花瓶代わりのコップに生けられたヒマワリやバラを眺めながら、今日のことを思い出していた。

今日お店に来てくれた友だちの家庭の事情をいくらか知っているけれど、彼女たちの家庭も平和な家庭だとは言えない。父親が他所に女と子どもをつくって家を出て行ってしまったり、両親が若い頃に離婚をして片親で育ったりしている。それを思うと、成人するまできちんと夫婦でいてくれた両親は頑張ってくれたのだと思う。

もし両親が離婚していたら、私は短大まで進学できなかったかもしれないし、母が働いているあいだ、家事をしなければならなくなっていただろう。それに、子どもの頃、友だちがいなくて寂しかったけれど、父は随分私と遊んでくれた。休みになると父は私を連れて競輪場や競馬場に行った。競輪場に連れて行ってもらう子どもはあまり幸せとはいえないが、私は見たことがない世界を見られて楽しかった。レースが終わった後、紙吹雪のように宙を舞うハズレの車券。「連勝亭」という、笑ってしまう名前のラーメン屋。おでん屋や焼き鳥屋さんが並び、大人たちが競輪新聞を片手にそれらを食しているのは非日常の風景で、学校では絶対に教えてもらえない世界だった。特に、私の常識を覆したのは「予想屋」という仕事だ。競輪の次のレースの予想をして生計を立てている人がいるなんて想像したことすらなかった。

それと、父は店をやりたかったくらいなので、料理をよくつくってくれた。

土曜日の夜に「今日は握り寿司をやるぞ！」と言って、スーパーで買ってきた各種ネタを広げ、見よう見まねでシャリを握りネタをのせて、家族に振る舞った。確かに寿司を握るのはプロの板前でなくてはならないという法律はない。家族みんなで父の握り寿司をワイワイ言いながら食べた。父は「へい！　マグロお待ち！」などと板前の真似をして家族を笑わせていた。他にも、日曜日に私がお腹を空かせていると、「玉子丼つくってやろうか」と言ってサッとつくってくれたりもした。

昔、近所の友だちと話していたときのことだ「私のお父さん、お母さんがいなくてお腹が減ったとき、冷蔵庫のソーセージをそのまま食べてたんだよね」とあきれ顔で言った。ソーセージを炒めることも、ボイルすることもしない男がいることをこのとき初めて知った。

大人になって料理をする男性はかなり少数だと知ってから、料理をしてくれた父は偉かったと分かった。もちろん、料理した後は片付けないし、まめにつくってくれたわけでもないが、父親が料理をする姿を見るのは子ども心に嬉しいものだった。父が「ホッ！」と掛け声をかけながらお好み焼きをひっくり返す姿を私はニコニコしながら眺めていた。

私は子どもの頃、動物がとても好きで、動物番組がテレビでやるとずっと見ていた。ムツゴロウの動物王国をずっと見ている私に向かって父は「そんなに動物が好きなら北海道の動物バカのところに行っちまえ！」などと暴言を吐いていたが、それでもチャンネル権は私に握らせていた。

動物好きが高じて、どうしても自分でペットを飼ってみたくなり、母に「セキセイインコが飼いたい」とお願いしたこともある。母は動物が嫌いで、道端で野良犬や野良猫を見ると怯えるくらいなのだけれど、許してくれた。ペットを飼うというのはとてもお金がかかる。鳥籠もかなりの値段がするし、エサ以外にも栄養補給のために細々とした補助食品を買ったりした。母は母なりに私のために頑張ってくれていたと思う。

もちろん、裕福な家庭のように、やりたいお稽古事をやらせてもらえたり、望むものをすべて買い与えてもらったわけでもない。我慢することも多かったけれど、できる範囲で両親は私のことを考えてくれていたと思う。体が弱い私をたくさんの大学病院に連れて行ってくれた。

「お前は中学生まで生きられると思わなかった」

と中学生になったとき、父は私に向かって言った。母はそれに対してひどく怒っていたけれど、それはただの本音で悪意はなかったのだと思う。実際、急激な腹痛で救急車を呼んで運ばれることも何回かあった。むしろ、死なずに大人になるまで育ててくれたのは感謝しなければならない。

父は今どこで何をしているのかと、時折思い出す。父は数年前に大病をして倒れたが、なぜ家族はすぐにそのことを教えてくれなかったのだろう。確かに、当時、生活保護を受けていて持病のうつ病もだいぶ酷かったけれど、教えて欲しかった。父が亡くなったとき、私は教えてもらえるのだろうか。あの叔母のことだから本当に教えてくれないかもしれない。私は父と一生和解せずに人生を終えてしまっていいのだろうかと不安になる。

12 父の孤独

今日は担当さんと連載の打ち合わせのために有楽町に来た。担当さんから「お父さんと一緒に行った思い出の場所を巡ってみませんか？」というお誘いを頂いたのだ。

仕事が終わって有楽町に向かう。父とはずいぶん有楽町に行った。今はシネコン全盛で、たくさん映画館ができたが、私が子どもの頃は映画館が少なかった。観たい映画を観るには有楽町に行かないとダメだった。

待ち合わせの交通会館に向かう。ここは父とよく来た場所だ。父は映画代を節約するために、交通会館にあるチケット屋さんで安い前売りのチケットを買ってから映画館に向かっていたのだ。久しぶりに訪れた交通会館には大きな三省堂ができていた。少し早く着いたので、本屋さんをぶらついた。

しばらくして、本屋さんの中で担当さんの姿を発見する。声をかけて合流し、本屋さんをぐるりと回った後、マリオンに向かった。たくさんのお洒落なお店が入っているマリオンは今でも有楽町の顔だ。何回も来たけれど、マリオンで買い物をしたことは一度もない。映画を観るためだけに来ていた。

「なんか思い出すことありますか？」

担当さんの呼びかけに応える。

「昔、銀座で父親とたいめいけんのオムライスを食べたんですよね。大きくてすごく綺麗なオムライスでびっくりしました。あれって、二千円くらいするんですよね。お父さん、美味いもの知ってたんだよなあって」

銀座の方向を向いて私が言う。

「たいめいけんは確かに高いですよね。やっぱり美味しいもの知っているんですね、お父さんは」

担当さんも私に呼応する。

日比谷シャンテの方に向かおうという事になり、一旦駅の方向へ引き返す。ふと、頭の中に記憶が蘇る。

「そうそう、映画館に行くときは、必ずＪＲＡに寄っていました。年取ったおじさんたちが必死にマークシートに記入して馬券を買っているの、なんだか滑稽だったなあ」

歩きながら私が言うと、担当さんも笑っていた。

駅に着くと、左に折れて日比谷の方に向かう。

「あの、あっちの方にモツ焼き屋があって、そこに父とよく行っていました。でも、今日は暑いからやめたほうがいいですね」

夏の東京は三十度をとっくに超していて、息苦しくさえある。ガード下をくぐると向こうには日比谷シャンテが見えた。ここにもよく父と来ていた。けれど、大きな商業施設ができていて、昔とは趣が違って見える。

「街って変わっていきますね」

汗を拭きながら私が言う。

「どこかお店に入りましょう。あっちの方にドイツ居酒屋がありましたよ」

担当さんと一緒にガード下のドイツ居酒屋に入った。中はクーラーがガンガンに効いていて汗がすっと引いた。店員さんに通されて奥の席に座る。二人ともビールを頼み、一気に飲み干す。ソーセージの盛り合わせとシーフードサラダを頼む。

「あ！　これ美味しいですよ。頼みましょう」

担当さんが指をさした先には「アイスバイン」とあった。

「ドイツでは有名な料理らしいですよ」

担当さんがメニューを見ながら話す。

注文を待ちながらお手拭きで手を拭っている最中にふと思い出した。

「そうだ！　お父さん、居酒屋に入ると絶対にお手拭きで顔を拭うんですよ」

そう言うと、担当さんは笑い出した。

「エリコさんのお父さんは良くも悪くも『昭和の親父』なんですよね」

本当にそうだと思う。「昭和の親父」チェックシートがあったらうちの父親はかなりの高得点を叩き出しそうだ。

ビールを飲んでいると、ソーセージの盛り合わせとサラダがやってきた。いつもスーパーで大量に入っている398円の皮なしソーセージばかり食べているので、本格的なドイツのソーセージを食べるのは久しぶりだ。白いソーセージなんかもあって、ハニーマスタードをつけると甘くて優しい味がする。

「お父さんとはこんな店に来た事なかったです。いっつも汚い居酒屋ばかりでした。お母さんは嫌だったみたいですね」

私が言うと、担当さんがソーセージを切り分けながら答える。

「お母さんはお父さんのどこが良かったんでしょうね」

ビールの泡を眺めながら私が答える。

「そうなんですよね。父親は本も読むし、映画もたくさん観るのに、お母さんはそういうのはあまり興味ないんですよ。お母さんの本棚って、『きょうの料理』とか『スッキリ収納法』とかの本ばかりで文芸の本はないですね。父の本棚には山本周五郎とか筒井康隆とか芥川龍之介とか随分ありましたよ。それに、お母さんは一緒に映画を観ていても、筋がわからなくなってしまって、観ても話の内容がわからないってことがたまにあります。それを思うと、二人は話してて面白かったのかなと思います。まあ、男女の関係ってそう簡単なものではないのかもしれないし、母は『私はモテないからお父さんくらいしかいなかったのよ』ってよく言っていました」

私の話を聞いて、担当さんが口を開く。

「でも、エリコさんのお母さん、綺麗そうですけどね」

サラダのエビをフォークに刺しながら私が答える。

「若い頃の写真は結構綺麗だったと思いますけど……何でしょう。モテとは関係ないんですかね」

私はエビを口に放り込む。マヨネーズとしょっぱい味が口に広がる。

「お父さんのことを考えると、ひどい父親だったなと思うことも多いんですけど、優しいところもあって、それを思うとなんともやりきれない気持ちになるんですよね。私は子どもの頃、本当に体が弱くて、風邪をひいて一週間学校を休むとかザラだったんです。小学生のとき、『あさりちゃん』っていう漫画が大好きで、ずっと集めてたんですけど、当時出ているだけでも30巻以上あるからなかなか集まらなかったんです。でも、私が風邪をひいて寝込んでいると、父が必ず『あさりちゃん』を買って帰ってくるんです。特に病気が重かったときには3冊とかまとめて買ってきてくれました。体が弱かったおかげで、出ている分はなんとか集まりました」

空になったビールジョッキを見やりながら私は言った。

「お父さん、優しいところもあるんですよね」

担当さんがこちらを見て言う。

「なんだかんだで優しいのかもしれませんね。高校生のとき、一万円もするストーンズのチケットを買ってくれたし、ジブリのアニメ映画はいつも連れて行ってくれたし。あー、でも、原一男はショックだったな。あれは子どもが観るものじゃないですよ」

店内にいる店員さんを呼んでビールのお代わりをする。担当さんもお代わりを頼む。

「原一男はねえ」

呆れた顔で担当さんが答える。

「本当ですよ。トラウマですよ。中学で『ゆきゆきて、神軍』はどう考えても早いですよ。高校生の頃は『全身小説家』のチケット渡してくるし。大島渚も大好きで、『愛のコリーダ』を観せられたけど、あれは性虐待になるんじゃないかと思いますよ」

強めの口調で続ける。

「それに、学校で友だちができなかったのも、父にいろんな映画を観せられて、そっちの方が面白いってわかってしまったから、同級生が熱中しているものを好きになれなかったんですよね。流行りのアイドルとか俳優とか興味がなくなってしまって、父と家で『エド・サリヴァン・ショー』とか『モンティ・パイソン』とか観てたから。トレンディドラマとか観てられないですよ！」

多少キレ気味に言うと、担当さんが笑った。

父は文化的には面白い人だった。私は父によってつくられた部分が大きい。音楽、映画、本。それらを子どもの頃から父に教え込まれた。友だちによっては「英才教育」だと言う人もいる。もちろんそれは冗談で、本当の英才教育は受けていない。塾にもほとんど行っていないし、習い事もお金がないので、一つしか行けなかった。

私は父のことをどうやって捉えたらいいのかわからない。愛されていたし、父のことを愛すべきキャラクターだと思いながら、その裏で抑えようのない憎しみが噴出することがある。

お金を稼いでいるという一点のみで、王様のように振る舞い、酔っ払い、母を殴ったことは許せないことだ。それと同時に酔ったときに父が私にいつも聞いてきた「お父さんのことは好きか?」という言葉を思い出すと胸が詰まるのだ。父は人生のどこかで愛情を失ったことがあったのだろうか。いつも酔っている父には消えることのない飢えと真っ黒な孤独の闇を感じる。

年末に実家に帰ったとき「こんなものが出てきた」と母が渡してきたのは淀川長治さんのサイン色紙だった。日付は1969年とある。父が若いときにもらったものらしい。日焼けして薄茶色になった色紙には「私はまだかつて嫌いな人に逢ったことがない」と書かれている。父の本棚に同じタイトルの本があったのを覚えている。

「これは私が保存しておくよ」。母から受け取ってカバンにしまい込む。

父は映画評論家になりたかったのだと思う。一日に2本も3本も映画館をはしごして、映画に関する仕事に就きたいと言っていたのだ。それは映画技師でも映画監督でもなく、映画評論家だった。父が子どもの頃に集めていた切手を収納しているノートの間に新聞記事の切り抜きが挟まれていたのが何よりの証拠だ。

私は最初の自殺未遂をして、実家に引きこもるようになった後にフリーペーパーを作って文章を書き始めた。私の書いたフリーペーパーが雑誌や新聞に紹介されるようになると、父は私を応援してくれるようになった。

私は今、文章を書いてお金を得ている。ある意味、父の夢を叶えたと言ってもいい。しかし、父からは何の連絡もない。どこかで私の連載を読んでいるのだろうかと思いながら、なすすべがない。

13 私の家族は母だけになった

週末になるとサウナに入るのが、最近の私の日課だ。行きつけのスーパー銭湯は船橋の方にあり、都心から離れているせいか、とても広くて人もそんなに多くない。服をちゃっちゃと脱いで浴場に入ると、小さな子が母親の足元でパタパタと裸で歩いている。

椅子に腰掛け、蛇口をひねりシャワーを頭に浴びせかける。備え付けのリンスインシャンプーを手に取るとゴシゴシ頭を洗う。サウナに入る前はきちんと体を洗わないと汗をかきにくいからだ。頭を洗い終わると、続けて体も洗う。持ってきた手ぬぐいでゴシゴシ体を洗った後、ざっとシャワーで流し、まっすぐに塩サウナへ向かう。ドアを開けるとむわっとした熱気が漂っていて、二、三人の人が体に塩を塗ったり隣の人と話をしている。腰掛ける場所にざっとお湯を流した後、座って目の前の桶にある塩を体に塗る。ゴシゴシと音を立てながら体に塩を塗り込むと、じっと目を閉じる。向かいにいる二人が話している言葉に耳を傾けると、彼女らは中国か韓国の人みたいで、何を言っているのか分からない。ただ、分からない国の言葉を聞きながら入るサウナは異国に来た感じがしてなんだか趣がある。

目を閉じてじっとしていると自分の体から汗が出るのがわかる。塩と汗が混じり合い、肌を伝って落ちていく。汗をどんどんかくと、体の悪いものがすべて流れていくようで心地いい。暑くて耐えられないと感じたあたりで、体の塩を流して、水風呂に向かう。水風呂はサウナの醍醐味だ。熱くなった体が一気に冷えると、気持ちよくて頭の中が空っぽになる。十分冷えたら、外にある椅子に座り外気浴をする。じんわりと体が温まり、大気と自分の境目がなくなる。一週間、仕事を頑張った自分に自分でお疲れさまと言う。

サウナを出た後、食堂でビールとチヂミを食べて、帰途につく。駐車場にはたくさん車が止まっていて、車で来れたら楽だろうなと思う。駅に着くと、中山競馬場の案内看板が目についた。私はここを知っている。父と幼い頃来たことがある。

父は博打が好きだった。特に好きなのは競馬と競輪だ。私が子どもの頃は黒電話が主流だったが、父はいち早くプッシュ式の電話に買い替えた。なぜかといえば、プッシュ式だと馬券が電話で買えるからなのだ。とはいえ、電話で買うこともあるが、映画を観たついでに場外馬券場で買うこともあるし、直接競馬場へ行くこともある。

「エリコ、馬を見に行かないか」

休みの日に父はこう言った。私は「馬を見に行く」が競馬場へ行くことだとわかっていたが、頷いた。父と一緒に電車に揺られて中山競馬場のある駅へ向かう。父は競馬新聞を見ながら、今日のレースに当たりをつけている。父が見ている競馬新聞を覗くと、面白おかしい馬の名前が並んでいる。タマモクロスだとかミスターシービーなどのかっこいいとはお世辞にもいえない名前ばかりなのだ。新聞には今までのレースの戦歴が書かれていて、いろんな人たちの予想も載っている。

「お父さんはどれが来ると思うの？」

私が父の新聞を覗きながら尋ねる。

「このレースは、シンボリルドルフが出るんだよな。倍率低いけど、絶対来る」

赤ペンを揺らしながら父が真剣な声で答える。

「シンボリルドルフなら来るね」

小学生の私も強い馬は覚えてしまった。父は耳に赤ペンをかけてさらに悩み始めたが、はたと何かに気がついた。

「お！　次乗り換えだ！　行くぞエリコ！」

父はそう言うとさっと電車を降りた。父は歩くとき私を見ない。一人でスタスタと歩いてしまう。私は父の背中を必死に追う。

「運動、運動」

そう言って父は駅の階段をスタスタと登る。なんなら二段抜かしもやる。そのため、駅ではエスカレーターを使わないで、常に歩く。電車を乗り継いで、船橋法典に着くと、競馬場まで一緒に歩いた。競馬場に着くと大変な賑わいだった。父と同じような歳の男の人たちが同じようなグレーとかベージュの服を着て、眉間にしわを寄せて新聞とにらめっこしている。

「第一レースはもう終わってるな。その前になんか食うか、エリコ」

父は私のお腹の具合を気にしてくれた。

「おでんが食べたい！」

私がそう言うと、父が店に走り、おでんを買ってきてくれる。私は味のしみた大根を頬張りながらいらない新聞を尻に敷いて階段に腰を下ろす。

「第二レースは見るだけにするか」

そう言って父も私の隣に腰を下ろす。手にはワンカップが握られていた。

パドックでは馬が落ち着いて歩いているが、時々、暴れたりする馬もいる。

「こうやって今日の馬の調子を見せてくれるんだ。調子がいい馬はいい走りをするんだ」

父が豆知識を披露してくれた。私は「ふーん」と言いながら、大根を食べ終わったので、ちくわを頬張った。競馬場の馬たちはどの馬も綺麗だった。毛並みは美しくピカピカしていて、頭にマスクをかぶる姿は自分たちが競走馬なのだと誇りにしているように見えた。

パアン！　という音と共に、馬たちは一斉に走り出す。蹄は芝生を蹴り飛ばし、ただひたすら前進する。最終コースになると騎手たちは鞭を馬の尻に叩きつけ、馬たちは一層スピードを上げる。後方にいた馬が突然前に躍り出る。

「ん！　あいつ、追い上げてきたぞ」

父が唾を飲む。

後方にいた馬は、どんどん前の馬を抜かしていく。一頭、二頭、三頭。勢いづいた馬は鼻差で一等になった。歓声とともに馬券が宙を舞う。

「うわー！　大穴だ！　クソっ！」

観客の予想を裏切って、人気のない馬が一位を取った。周りの大人たちはみんなため息をついている。

「あーあ、こんな勝負の後じゃ、何買えばいいかわからねえな」

父がぼやいている。それでも、耳に挟んだ赤ペンを取り出して、もう一度新聞とにらめっこを始めた。

「馬券買いに行くぞ、エリコ」

父の言葉に促されて、私も階段から立ち上がる。父はこの日、最終レースまで粘った。父がプラスの収支になったのかどうかわからないが、勝ったレースではお小遣いをくれた。私は千円札を財布に入れて、ホクホクしていた。競馬場を出ると夕方になっていた。

「ここの駅、風呂があるんだぞ。入っていくか」

父がおもむろに言った。

「えー、でも替えのパンツ持ってきてない」

私が言うと、父が答えた。

「裏返しにして穿けばいいだろ」

父はこんな感じの男だった。

父と銭湯に行き、出る時間を決めておく。風呂から上がると、父の方が先に出ていて、食堂でビールを飲んでいた。

「何か食うか」

父が尋ねるので、私はメニューを眺める。

「うーん、ラーメンでいいや」

私がそう言うと、父が千円札を寄越してきた。

「あそこで食券を売ってるから自分で買ってこい」

促されるまま食券を買い、お店のおばさんに手渡す。私がぼんやりラーメンを待っていると、父が話し出した。

「今度、スピルバーグの新作がやるぞ」

いち早く入手した情報だった。

「えー！　本当？」

私が驚くと父が続けた。

「会社休んで観に行ってくる」

父は映画のためによく会社を休んでいた。自営業でもなく、普通のサラリーマンなのに、あんなに休んでいて大丈夫だったのかと疑問に思う。

「いいなあ、お父さんは会社休んでもよくて」

私がつぶやくと父は言った。

「大人はな、最高だぞ」

ニヤニヤしながら父が言う。確かに父の時代の大人は最高だっただろう。高度経済成長の名の下、職を得られない人もなく、ただひたすら仕事をすれば給料が上がっていくのだ。ボーナスも退職金もある。父はお金をあるだけ使った。競馬だったり、競輪だったり、海外旅行にも時々行っていた。誰と行っていたのかはわからない。

「一度、銃を撃ってみたかったんだ」

そう言ってアメリカの何処かに行って銃を撃ってきて、自分で撃った的を私に見せてきた。

「生きたイカが食べてみたい」

そう言って、イカ釣りの漁船に乗って、本当に生きたイカを食べたりした。もちろん、家族には何も持ってこない。自分だけ沖に釣りに行き、自分だけ美味しいイカを食べた。

「お父さんは幸せな人生だったわよね。好きなことを全部したんだもん」

お盆休み、母と茨城の奥の方にあるスーパー銭湯に行ったとき、母がボソッとこぼした。

「そうだよね。本当に幸せだったろうね」

私も答える。そこそこ良い給料をもらい、家庭は妻に任せっきりで、子育てと言えるものはほとんどしてない。稼いだお金はすべて自分の娯楽に使う。毎晩飲み歩いていたが、毎晩飲み歩くだけのお金があるのは今の私には驚異だ。

母は天丼を口に運び、私はビールを飲みながら唐揚げを頬張る。茨城の田舎は人が少なくて、食堂はガラガラだ。

「あ！　エリちゃんの誕生日にお金を包んだんだけど、家に忘れてきちゃった」

母がしまったという顔をする。

「いいよ。私はもう自分で稼いでるんだから」

私が言うと、母は申し訳なさそうな顔をする。

「でも、エリちゃんには迷惑かけたから」

私はその言葉に対して答えることができない。確かに、私は自分の家族のことでは苦労した。お金がなかったり、常に親の機嫌を伺ったりして過ごしていた。でも、両親がいなければ私はここまで生きることができなかったし、私よりひどい境遇の人はたくさんいるだろう。

「迷惑なんてかけてないよ。お母さんは立派だよ」

その言葉に嘘はない。あの父のもとで二人の子どもを育てた母は凄いと思う。だが、想いはいつもある一点に帰結する。なんで父と結婚したのだろう。もうちょっと良い人と結婚すればよかったのに。

ビールを飲み干して、一息つくと、夏の日差しが目に入った。

「そろそろ帰ろうか」

私が言うと母も頷いた。

お盆休みは母と一緒にお風呂に入っただけだった。私の家族は母だけになってしまった。

14

家族が解体された日

今日は京都で行われるシンポジウムに出席するため、朝早く家を出た。今、京都に向かう新幹線の中でこれを書いている。思えば、随分遠くへ来たと思う。機能不全の家庭に育ち、毎日死ぬことを望み、ブラック会社に就職したのち、自殺を図り、精神病院へ入院。実家に戻り、母と共依存の日々を過ごした後、生活保護を受けながらの一人暮らし。決して幸せとは言えない人生であったが、今やっと息ができる日々が続いている。

もちろん、パートで生活をするというのは決して楽ではない。上がらない給料、出ないボーナス。それでも、税金は上がり続ける。しかし、今、作家として文章が書けるのは幸せだと思う。いつまで仕事が来るかわからないけれど、私の生活を楽にしてくれるものであり、世界を広げてくれるものでもある。新しい人と出会い、新しい土地に行ける。仕事というのは本当にありがたいと思う。

私の家族の歴史を語る中で、一番欠かせない出来事は私が短大一年のときの出来事だ。今からそれを語ろうと思う。

私が小学生の頃だろうか、父方の祖母は祖父を亡くしてから被害妄想が激しくなっていた。近所の人が自分を嫌って、嫌がらせをしていると思い込んで、引越しをしたいと言っていた。それで、祖母と暮らしている叔母は大きな一戸建てを購入した。

しかし、これには裏があり、一戸建ての購入を叔母に勧めたのは父だったのだ。叔母は会社に近い都内にマンションを買おうと思っていたのだが、父は「始発で座っていける駅に一戸建てを買ったほうがいい」と叔母を説き伏せ、叔母は結局、父の思惑通り一戸建てを購入した。しかも、その一戸建ては私たちの団地にほど近かった。

私が高校生の頃、祖母が死んだ。叔母が一人で暮らすにはあまりに広い家だった。二階建てで部屋はリビングを含め四つもあり、小さな庭まである。女が一人で暮らすには適さない。祖母が亡くなった後、父は家族の前でこう言った。

「妹が一人であの家に暮らすのは可哀想だ。俺たちもあの家に住もうと思う」

父の突然の提案に私たち家族は困惑した。父にとっては家族かもしれないが、私たちにとって叔母は他人と言ってもいい。それに叔母は性格に難があるので、私は絶対に嫌だった。

父がいないとき、母が言った。

「あれ、絶対計画的よ。元からあの家に住みたくて、あの家を買わせたのよ」

母の言葉を否定できない。こうなることは誰だって予想できた。命の順番で言えば、祖母がいちばん早く亡くなる。叔母が残った大きな家に一人で住みたくないというのは感情として当たり前だ。

父は妹の家に引っ越す気持ちでいたが、母と私は渋っていた。この頃には兄は働いて家を出ていた。肝心の叔母は同居をどう思っているのだろうと、叔母の家に遊びに行ったときに聞いてみると、叔母も同居には前向きだった。

「一人で暮らすのは寂しいし。エリちゃんたちが一緒に住んでくれると嬉しいな」

などと言うのだ。

「一緒に暮らさないほうがいいよ。絶対喧嘩になるし」

はっきり私が言うと、

「そんなことないわよ。大丈夫よ」

と叔母はニコニコして言う。しかし、私は叔母の性格を知っている。叔母は大変ケチくさく、性格が幼いのだ。

叔母は海外旅行が趣味なのだが、あまり一緒に行く友だちがいなかったようで、私が高校三年のとき、海外旅行に誘われた。私は一度も外国へ行ったことがないが、叔母は海外旅行に何回も行っているし、旅費も全部出してくれると言うので、一緒に行くことにしたのだ。

行き先はニューヨークとディズニーワールドで、旅行の日程はすべて叔母が決めた。そもそも、そんなにアメリカに興味があるわけでもなかったし、お金を出してもらうので、叔母の行きたいところに付き合うつもりだった。本当はニューヨークに行ったらアポロシアターとブルーノートに行ってみたかったが、叔母はブロードウェイにこだわるので、滞在中の三日間、夜はすべてブロードウェイだった。とはいえ、もちろん文句など一言も言っていない。旅行中はお金を出してもらっているという立場ゆえ、レストランではいちばん安い料理を選び、叔母のプランにすべて付き合うようにした。自分のお金ではできない体験だったと思う。しかし、一週間弱の旅行が終わって帰国したとき、叔母からお金を要求された。旅行用のスーツケースをレンタルしたので、そのお金を出して欲しいと言うのだ。私は自腹で出した。数千円だったと思う。叔母は私が渡したお金のお釣りを一円単位で返してくるので、「お釣りはいらないよ」と言ったら、嬉しそうに「あら、いいの?」と言って自分の財布に入れた。正直、一戸建ての家を買える人が、一円単位にまでこだわるのが理解できなかった。いや、一円単位にまでこだわるからこそ、お金があるのだろうか。

旅行が終わってから、家に祖母から電話がかかってきた。

「あなたの家のエリコ、とても失礼だって娘が言っているのよ。旅行に連れて行ってあげたのに、お礼の一言も言わないんですってよ。それに、旅行はすべて娘に任せっきりで、エリコは何にもしなかったって言うじゃない」

私はお礼を言ったかどうかはっきり覚えていない。だけど、普通に考えたら何度かは言っていると思う。仮に言っていなかったとしても、自分の親(祖母)に言いつけて、私の家に電話をさせるなんて子どもじみている。それに、海外旅行が初めての高校生が旅行のイニシアチブを取れるわけがない。年に二回も海外に行き、英会話教室にも通っている叔母に任せても仕方ないと思う。

母はこの言葉にたいそう怒り、「じゃあ、旅行の代金、すべてお返しします」と言って返しに行こうとしたのだが、叔母の方が断って、この話はなかったことになった。このような細かい逸話はたくさんある。とにかく、私と母は叔母が嫌いなのだ。

しかし、私が短大一年になったとき、父の説得にとうとう母が折れた。「試しに暮らしてみて、ダメだったらまた戻る」ということになり、叔母の家での同居生活が決まった。私は絶対に嫌だったので、実家に留まることにした。それに、叔母との暮らしがうまくいかなかったら、父と母の帰る家がない。

二人は少しずつ荷物を移動し始めた。そして、ある晴れた日、二人は叔母の家に向かった。母は家を出るとき、私に何度も確認した。

「一人で暮らせる?」

悲しそうな母の顔を見て私は言った。

「大丈夫だよ。もう大人だよ」

できる限りの笑顔を作った。寂しさと不安に揺れる母の背中を見送った後、私は勢いよく冷蔵庫を開けた。冷蔵庫には私が困らないようにと漬物など日持ちするものを母がたくさん残していってくれていた。私はそれらを勢いよくゴミ箱にぶちまけた。私の体の中には怒りと自由になった解放感が溢れていた。

叔母の家を横取りした父、従うしかない母、そして、何もできない子どもの自分。

冷蔵庫を空にすると、掃除機をかけ始めた。私の家はいつも汚かった。家族が四人も暮らしていると、家を綺麗に保つことは難しい。足の裏には何かの食べかすがいつも張り付き気持ち悪かった。

ふと、足元のカーペットを見て、これが何年間も敷きっぱなしだということに気がついた。私はめりめりとカーペットを引き剥がす。床の上にはぺったんこになったゴミクズがへばりついていた。私は憎しみを持って掃除機をガーガーかけ続ける。この家の汚物をすべて捨ててやるという思いだった。

この狭い団地に二十年近く住んでいるが、ここで行われていたのは悲劇であった。誰も観客がいない中、私達家族は「家族」を演じていた。でも、それには無理があったのだ。私たちは一緒に暮らすことで不幸になった。私たちは個に戻らなければならない。すべての不幸は依存しあうことから始まるのだ。

母は父のことを悪く言うが、父に経済的に依存した母も悪いと思っている。離婚したいと思いながら離婚できない生活をしていたのは母なのだ。そして、家事や育児をすべて引き受けた母は、父を何もできない人間にしたてあげた。米を炊くことや洗濯機の使い方もわからない男にしてしまったのは、母が父のケアをしていたせいなのだ。

三つある部屋のすべてにはたきをかけ、掃除機をかけ、雑巾をかけた。この団地に来てから今までのゴミをすべて外に掃き出した。

掃除が終わり疲れて寝っ転がると暖かい風が流れていた。目を閉じると今まで感じたことのない安らぎに包まれた。今夜は誰も家にいない。明日も誰もいない。明後日も、そのまた明日も。

夕暮れの道を一人で歩き、スーパーに行った。料理はきちんとしたものを作ったことがないので、とりあえず鍋にしようと思い、鶏肉と白菜、ネギや豆腐を買った。レジに並んで財布の中身とにらめっこしながら会計をすませる。これからきちんと生活費を予算内に収めることができるだろうか。少しの不安はあるが、自由になった喜びの方が大きかった。

家に帰って土鍋に乱雑に切った材料を入れグラグラと茹でる。熱々の鶏胸肉をポン酢につけて口に運ぶ。噛むたびに鶏肉の味が口の中いっぱいに染み渡る。缶ビールのプルタブを開けると勢いよく喉に流し込む。

思えば、この家はいろんな声で溢れていた。私が母に今日あったことを告げる声。母が子ども達を急かす声。父がカラオケで歌う声。兄と恋人がセックスをして喘ぐ声。私が一人、布団の中で泣く声。それらが今日からは何もしなくなる。私たち家族の音はここで止まった。今日からは私一人でこの家で暮らす。まっさらに掃除をし、リセットされたこの家で新しい生活をする。あの愛憎にもまれ続けた日々は終わりを告げた。皮肉にも、父のわがままによって家族はやっと解体された。

風呂に入り、全身を念入りに洗う。テレビをつけながら、ドライヤーで髪を乾かす。一人で暮らすには少し広いが快適だった。深夜のテレビを眺めた後、今日干した布団に潜り込む。お日様の香りがして心地よい。深く息を吸い込んで目をつぶる。ああ、世界はなんて平和なのだろう。その日はすぐに眠りに落ちた。今までにないくらいよく眠れた。私が不安で安眠できなかったのはすべてこの家族が原因だったのかもしれない。

その日は素敵な夢を見た。一面に白い花が咲き乱れ、どこまでも続いている。長い髪をした、男だか女だかわからない人が飴玉をくれた。それを口に入れるとかぐわしい香りと優しい甘さが口に広がった。寝転ぶと空がどこまでも高くて、夢の中で私はまた夢に落ちた。

朝、目を覚ますと、当たり前だが誰もいない。生まれてきたときからいた家族がいない空間というのはなんだか慣れない。それでも私は寂しいということは感じなかった。

昨日といでおいたお米は炊けていて、ジャーには保温のランプがついていた。鍋に湯を沸かし、手の上で豆腐を切り、ざっと入れる。顆粒の出汁を入れて火を止めて味噌を入れた。味噌汁の作り方は学校で習ったので簡単に作れた。フライパンに油をひくと、卵をふたつ割り入れた。透明な白身が白くなり、黄身の色が白みを帯びた黄色に変わる。少し水を入れて蓋をする。半熟の目玉焼きの作り方は母から教わった。味噌汁とご飯と目玉焼きをテーブルに並べて一人でいただきますも言わず、目玉焼きに箸をつける。もう、なんの号令も合図もいらないのだなと味噌汁を飲みながら思った。

パジャマを脱いで、ジーンズをはき、シャツに袖を通す。バッグに教科書と筆記用具を入れて、家を出た。電車に乗って都内の短大へ向かう。いつもと変わらない風景の中で、私だけが新しかった。私はやっと一人になれたのだ。

15

共依存のはじまり

布団の中で目を覚ます。今日は祝日で仕事がない。私はしばらく布団の上で寝返りを打っていたが、のろのろと起き出して、顔を洗って歯を磨く。シーツを剥がして洗濯機の中に放り込むと洗剤を入れてボタンを押して、洗濯機を回す。布団をベランダに干し、掃除機をガーガーかける。風呂場とトイレを掃除し終わる頃には洗濯機がピーッとなり洗濯が終わったことを告げる。タオルやらシャツやらを洗濯ハンガーに干し終わると、ベランダに出す。夏が終わりかけているが、日差しは強い。私は寝間着がわりのTシャツを脱いでジーンズに足を通し、トレーナーを着る。着替え終わると化粧をして、パソコンをバッグに入れる。最近、家の中で集中して原稿が書けないので、駅前の喫茶店で書こうという算段だ。

喫茶店でタバコを一本吸い、レモンスカッシュを頼む。パソコンの電源を入れると、目の前に家族連れが昼食をとりに来ていた。彼らは会話をしながらハンバーグやナポリタンを食べている。私はそれを見ながら心底羨ましいと思う。

私は家族とこうやって昼食をとったことがない。ファミレスの存在も大人になってから知った。私の父が食事に連れて行くときは、ファミリー向けの喫茶店やレストランではなく、大人が行く高級な寿司屋やフレンチレストランなど高い店ばかりだった。もちろん、それらは美味しいけれど、たまにしか連れていってもらえないし、家族の会話もうまく運ばない。本当はこれくらいの値段のお店でこぢんまりと家族の会話を楽しみたかった。

目の前の家族から目を離し、パソコンに目を落とす。私の家族とはなんだったのかを解くために、パソコンのキーボードを叩く。

私が短大を卒業したとき、社会はとても不景気だった。私はたくさんの会社を受けたが、どこからも内定をもらえなかった。仕事が決まらないまま卒業をして、一人で暮らしていた実家に戻ると、母が家にいた。

「叔母さんの家にみんなで住むことにしたわ。エリちゃんも来るのよ」

母の無情な言葉を受けて、私は引越しの準備をした。自由な暮らしは約二年で終わった。家族で長いこと住んだ団地から家財道具を運び出し、捨てられるものはすべて捨てた。短大を卒業をした春、私は叔母の家に住むことになった。亡くなった祖母の部屋をあてがわれ、祖母が眠っていたベッドで眠ることになった。案の定、私は寝付けなかった。大嫌いな祖母のベッド、大嫌いな叔母の家。そして、無職の自分。

叔母の家での暮らしは苦痛に満ちたものだった。今まであった家族のルールはなくなり、叔母のルールが適用された。お風呂場には髪の毛を一本も残さないこと、台所で魚を焼くと臭くなるから魚は料理しないこと。そのルールに父と母は耐えられなかったのか、叔母の家の二階に新しくキッチンを作り、母はそこで魚を焼くようになった。私は父と母と叔母と暮らすようになったが、次第に生活は荒れていった。仕事のない私は朝から酒を飲むようになり、酔っ払いながらゲームをしていた。寂しさばかりが胸に迫り、短大時代の友人に電話をかけまくった。

「家を出なよ」

友人たちは口々にそう言った。私は母にこの家を出たいと告げ、一緒に東京に出てアパートを探した。練馬区に安いアパートを見つけて、契約の書類を書いた。私はこのときのことを思い出すと、未だに分からなくなる。私は自分の意思で家を出たように思っていたけれど、本当は最初から私には家がなかったのだ。引っ越しの費用は母がたてかえてくれたものの、私は追い出されるように東京に出てきて、一人暮らしを始めた。実家で一人暮らしをしていたから、いくらかは勝手がわかるが、公共料金の支払いなどは母にすべて任せていたので、東京での暮らしが実質的な初めての一人暮らしだった。

求人雑誌を見て、仕事を探す日々が続いた。事務の仕事をしようと考えていたが、編集の仕事が目についた。編集の仕事には憧れていて、短大生のときも何社か受けていた。マンションの一室を改造した編集プロダクションの面接を受けると、あっさり採用された。そこが出しているのはエロ漫画雑誌で、私は五月からエロ漫画の編集者として働き始めた。

しかし、仕事は楽ではない上に、社会保険もなく、残業代もつかないのに、月給は十二万円きっかりだった。高校生の頃から精神科に通院していたが、休むことのできない仕事量によって病状は悪化の一途をたどった。

仕事量に加え、お金がないという現実はあっという間に私の精神を崩壊させた。溜め込んでいた向精神薬を一気飲みして、自殺を図った。二十一歳の秋頃のことだった。

集中治療室に運ばれて、人工透析を受ける。私はほとんど死にかけていて意識不明の状態が三日間続いた。「死んだり、障害が残ったりしても文句は言いません」という念書を両親は病院に書かされた。眠っていた私が目を覚ますと、医者や看護師が私を見つめている。しばらくすると両親が私を見て泣いていた。私はとんでもないことをしてしまったらしい。

退院した後は精神病院に入院した。一ヶ月半にも及ぶ入院生活は退屈なものだったが、仕事と貧困から解放されて、私は少しずつ回復していった。毎日何もしなくても寝床と食事が提供されるのはありがたかったし、自殺する前は友だちがいなくて孤独だったけれど、入院患者と会話することで寂しさから解放された。

母は東京の私のアパートから病院に通ってくれた。三日に一回くらい面会に来てくれて、そんな親は他にいなかった。病院側から外出が許可されて、父と母と駅前で会うことになった。

「元気にしてたか、エリコ」

父は競馬新聞を小脇に抱えて笑顔だった。父も私のことを心配してくれたのだろうか。

「何が食べたい？」

父が尋ねてきた。

「お寿司が食べたい。入院していると生物が食べられないんだもん」

私が甘えたようにそう言うと、父は元気よく答えた。

「よし、じゃあ、寿司屋に行こう。特上を頼め」

父の良いところは気前が良いところだ。

三人でお寿司を食べた。こうやってご飯を三人で食べるのは久しぶりだった。

私の自殺未遂によって、家族はまた一つになった。

「この後、エリちゃんの入院に必要なものを買いに行きましょうか」

母がそう提案すると、

「お前らだけで行け。俺は競馬があるから」

そう言って父は先に帰ってしまった。実に父らしい。父はやっぱり自分が一番大事なのだと思う。

退院したら叔母の家で暮らすのかと思ったのだが、そうではなかった。母は叔母との暮らしに限界を感じていて、もともと家族で住んでいた団地から少し離れたところに、また新しく団地を購入していた。

「お父さんもここで暮らすの?」

リフォームをしている団地の内装を見ながら私が尋ねると、
「ううん、お父さんは叔母さんの家で暮らすそうよ」
と母が答えた。私は父に捨てられたような気持ちがした。

新しい団地で母と暮らすことになった。思い出すと母は私が幼いときは非常に冷たかった。私が得意な絵で賞状をもらっても飾ってくれたことはないし、賞を取った絵も飾ってくれなかった。

幼い頃、家で七夕をやって、お願い事の短冊に「アイドルになりたい」と軽い気持ちで書いた。その後、笹を捨てに行くときに、その短冊が地面に落ちた。母はそれを拾って「こんなもの見られたら恥ずかしい」と言った。私は幼いとき、母から早く大人になるように急かされていたと思う。子どもらしい行動や考えを捨てて、早く一人前になれと無言で伝えられていた。

その反動だろうか、病気になった私に、母はとても甘かった。私の身の回りの家事をすべてこなし、早く働けとも言わなかった。

しかし、その母の愛は私をダメにした。私は料理も洗濯も何もできなくなり、すべてを許す母の元で、自分の人生がダメになったのは母のせいだと責めた。

心理学に共依存という言葉がある。古くはアルコール依存症の家族に使われた言葉だ。依存症の患者が犯す過ちを、家族はすべて尻ぬぐいする。一見すると家族はいいことをしているように見えるが、家族が手を出すことによって依存症の患者はアルコールをやめることができない。患者の面倒をみる家族もまた、患者との関係に依存しているという考えだ。

母は私の面倒をすべてみてくれた。料理をつくり、洗濯をして、役所の手続きも手伝ってくれた。しかしその行為は、私から生活をする能力を奪っていった。一人暮らしをしていたときは料理をはじめ、身の回りのことを自分でできていたのに、私は何もできなくなっていった。

母は私の面倒をみることで、病気の娘の面倒をみるという行為に依存し、私も母に干渉されることを拒まなかった。ケアをする者、される者という役割をお互いに手放すことができず、その関係におぼれていった。その生活は十年近く続いた。

16 家父長制が悪い

「夫に十日間くらい、存在を無きものみたいにされています。さすがに辛い。今日は子ども達を連れて近所のママ友と遊ぶ予定だったけど、出かけて〝笑顔のママ〟する気力が出ない。飼っていたペットのルルの一周忌ということもあり、落ち込んでいます。よかったら家に来ませんか？　夫は今、出張中です」

休日の朝、短大時代の友人のえりこちゃんからこんなラインが来た。私はちょっと戸惑いつつも行くことにした。

えりこちゃんはとてもお金を稼いでいるサラリーマンと結婚していて、最近都内にマンションを買った。私からしたらとても幸せな人生を歩んでいる人だ。しかし、彼女は「結婚して子どもがいるからといって幸せじゃない」と言う。よく「ちゃんと一人で稼いで暮らしているエリコ先輩が羨ましい」と言ってくる。

千葉の私のアパートから都内のえりこちゃんのマンションまでは一時間弱で着く。駅前でルルに供えるお花を買ってマンションに向かう。インターホンを押してドアを開けると、寝間着のままのえりこちゃんが出てきた。

「お昼までずっと無気力で顔すら洗っていない。こんな格好でごめんね」

そう言って詫びてきた。子ども達はえりこちゃんと一緒に寝室から出てきて「エリコ先輩！」とじゃれついてくる。

私は来る途中に買ってきた缶チューハイを開けながらえりこちゃんの話を聞く。「仕事が大変だからって言っても、十日間もほぼ無視するのは酷いと思う。『仕事が忙しいという理由で妻だから何をしても許されるって思わないで。夫婦でいられる努力をして』と言ったら、『今の俺の精神状態を理解しないお前こそ、努力が足りない』って言われた。『おはよう』も『おやすみ』も言ってくれないから、『それくらいの時間も取れないの？』って聞いたら『ここ数日のお前には』って言われたよ。悔しいから『そんなに私が目障りだってこと？ 家事も育児もそれなりに頑張ってる。あなたにできるだけのこともしてる。でも、無視みたいな事が続くと私も無気力になってくる』って言ったら、ずっと無言。しばらくして、あ、返答を考えてるんじゃなくて、また無視されてるんだと思って、ベッドにもぐって泣いてしまったよ」。えりこちゃんは長い睫毛を伏せて、そう続ける。

子ども達は私が持って来たスライムやシャボン玉で勝手に遊んでいるが、きっとなんとなく母親がいつもと違う雰囲気なのに気付いている。

私はいたたまれない気持ちだった。家庭内での無視は無言のＤＶだとも言える。母親の苛立ちや悲しみは子どもにダイレクトに伝わる。それがわかるのは私自身、同じ体験をしていたからだ。

私の母はまごうことなきＤＶ被害者だった。酔って暴れる父に殴られ、「誰のおかげで飯が食えてるんだ！」と罵られていた。そういう父の暴力を受けていた母は精神が擦り切れていたのだと思う。私は母から褒められたり、愛情を持って接してもらった記憶がない。まだ小学校低学年の頃、母と一緒にお絵かきをしていて、母の描いた絵を、子どもながらに「お母さん、へたくそ〜」と笑ったら、母は本気で怒り、鉛筆を放り投げた。私は大変なことをしてしまったと謝った。私はそれから母が怖くなった。

けれど、近年の母は、昔の母とまったく違う。父と別居をし、私と暮らし始めた母は「良い母」になった。私の病気の勉強会に行き、家族会に熱心に参加した。私が絵の展示をしたときは、わざわざ来てくれて一万円も出して絵を買ってくれた。私の周りの友だちも「エリコさんの母親は優しい」とよく言う。そう言われると、私は戸惑う。確かに、今の母は私のために尽くしてくれている。けれど、母が母でなければならなかった幼少期、母はとても冷たかったし怖かった。それが父の影響だったとしても、やはり私の中には拭えない感情がある。

最近はテレビをつけると虐待死の話題をよく目にする。義父に殴られたり、食事を与えられなかったりして幼い子が命を落としている。そのときに社会では母親の責任を追及する動きが生まれる。義父の暴力からなぜ、子どもを守れなかったのか。そうやって世間は問いただす。けれど、夫の暴力のもと、母親が正常な状態でいることは無理だと思う。暴力というのは人からあらゆる力を奪う。優しさや愛情。何が正しくて、正しくないか。そういったことを判断する能力を奪うのが暴力だ。

けれど、世の中は「母性」という神話を信じている。母親というのは何があっても子どもを守るものだという言説は世の中に渦巻いている。

母親は神様じゃない。ただの人間だ。そのことに気がつけない人がなんと多いことだろう。私は実の子どもを義父の虐待で失った母親を責めることができない。むしろ、哀れだと思う。

私は家父長制を憎んでいる。父親を頂点とした家族の形成は女性蔑視につながる。そして、男性は何もしていないのに、男性というだけで偉いのだと思い込む。思い込むだけならいいのだが、この社会全体が男を偉いものとして扱っているのだからタチが悪い。医大の試験ではきちんと合格ラインの点数を取った女子が落とされ、その分男子が合格をする。会社では同期であろうが、男は女よりも出世が早く給料も高い。女は正社員になれないことも多く、パートで働く人がものすごく多い。それを見ている男性たちは「女性は自分より下」と思うのも無理はない。自分が育った家庭で、母親が父親の言いなりになっている姿を見て育つと、自分の妻にも母親と同じ役割を求める。それが現代の男たちだ。

「えりこちゃん、働きに出なよ。自分でお金稼げるとだいぶ違うよ」

私は最近、フェミニズムの本をたくさん読んでいる。夫の暴力から逃げるためには、まず仕事が一番大事だと、どの本にも書いてある。

「無理だよ。私、全然仕事ができないんだよ。レジ打ちもやったことあるけど、毎回お金が合わなくて、私専用のレジが用意されてたんだよ。いろんな仕事をやったけど、いつも自分は何もできないって落ち込むだけなんだよ」

私は何も言えなくてえりこちゃんの背中を撫でる。えりこちゃんは大人になってから検査をしてADHDの診断を受けたという。それが彼女の生きづらさのすべての要因になっているのかどうかわからないが、仕事に影響が出るのは否定できない。そして、専業主婦になってしまって、長いブランクがある場合、仕事に復帰するのは難しい。でも、これはえりこちゃんだけに限ったことではない。日本の多くの女性が直面している問題だ。私の母も父のもとから逃げ出せるくらいに稼ぐことはできなかった。パートには出ていたが、家計を支える補助的なものだった。そもそも、子どもを産んだら、それまでのキャリアや仕事が失われ、制限されるというのが女にとっての現実だ。私たち女は母の代から続く苦悩の鎖にまだ縛られている。

「でもさ、えりこちゃん、都内にこんな素敵なマンション買ったじゃん。私なんかじゃ、こんなところ一生買えないよ」

えりこちゃんの住んでいるマンションは立地もよく、リノベーション済みの物件とあってとても綺麗で広い。

「でも、夫が『こんなマンション、買うんじゃなかった』って言ってくる。確かに、ここがいいって言ったのは私だけど」

やっと買った念願の家をそんな風に言っているとは知らなくて、私も思わずビックリしてしまう。もちろん値段は知らないが、ローンが組めたのだから、返済できる額なのだろうし、これだけ立派なところに住んで何が不満なのだろう。それより何より、夫婦二人で決断したであろう家の購入をそんな風に言われるのは堪らない。「こんな家」と言われている家を毎日掃除して、整頓しているえりこちゃんはどんな気分なのだろう。

えりこちゃんはまつ毛を涙で濡らし、鼻を真っ赤にして泣き始めた。私はそんなえりこちゃんの肩を抱いて慰める。私は時々考える。私が結婚していたらどうなるのだろうかと。好きな人と結婚して、子どもを産み、家庭を持つのは素晴らしいこととされているし、私もそう思う。しかし、目の前の泣いているえりこちゃんを見ると、私もこうなっていたのだろうかと考えてしまう。

「夫婦の不仲を子どもの前で見せてしまうのも虐待なんだって」

えりこちゃんは顔を歪めながら言う。悪いことを悪いことと認識しているなら、罪は軽減されると信じたい。世の中のＤＶを働く夫はＤＶを悪いことと思っていないのだ。

16 家父長制が悪い

「ご飯食べようか。なんか取ろうよ。子ども達もご飯まだでしょ」

そう言うとえりこちゃんはスマホを片手に注文を始めた。私は子どもたちのもとへ行き、小さな体を抱き上げる。

「ほーら、高いぞー！」

妹のアーちゃんはまだ幼稚園なので、簡単に持ち上がる。私も小さい頃、父にこうやって持ち上げてもらっていた。なんだかんだいって、結局、私が母より父の方が好きなのは、ずいぶんかまってもらったからだ。「たかいたかい」をやってもらったし、自転車の荷台に乗せてもらって遠くまで行ったこともある。アーちゃんを下ろすと、兄のチー君が私にパンチを食らわしてきた。

「お！　やるか！」

私がチー君を見ると、チー君はすでに拳法の構えをとっている。私もめちゃくちゃだけど、それっぽく構える。

「ワチャー！」

甲高い声をあげてチー君に拳を突き出す。でも決して当てない。チー君もめちゃくちゃに拳を突き出す。

私はチー君の近くに寄り、チョップを何回も当てる。チョップというよりつついているという方が正解かもしれない。

「アチャ！　アチャ！　アチャチャチャチャ！」

チー君は寝転びながらゲラゲラ笑いだす。私も笑ってしまう。

「エリコ先輩、ありがとう。うちの子、そういうのに飢えてるんだよね」

冗談か本気かわからない言葉をえりこちゃんは口にする。私は子どもがいるのに、こうやって遊ばないのはもったいないと思うが、えりこちゃんにはその余裕がないのだろう。

そしてそのとき、父が遊んでくれた理由がわかった。父には余裕があったのだ。だから、私を「たかいたかい」して、笑顔で接することができた。金を惜しみなく使い、家庭を妻に任せていたからこそ、子どもと遊ぶことができたのだろう。

みんなで宅配のたこ焼きを食べた後、家の中でかくれんぼをした。えりこちゃんはちょっとずつ元気になったみたいだった。

家族関係の本を読むと「夫婦仲が良いのが、子どもの成長にも良い」と書かれているが、それを実践するのは簡単なことではないと再認識する。

夕方になり、夜からの用事があるので、えりこちゃんの家を後にした。マンションのベランダから、えりこちゃんと子ども達が手を振っていた。私も手を振り返す。えりこちゃんの家でも家族という名の劇場が幕を上げている。私はこの劇の最後はハッピーエンドになってほしいと強く願った。

17

父も犠牲者だったのか？

父はとにかく帰りが遅い男だった。その日のうちに帰ってくることはとても珍しく、だいたい午前様だった。小学生のとき、近所の家に遊びに行ったとき、友だちのお父さんが夕方には帰ってきていたので、衝撃を受けたことがある。

「ユウコちゃんのお父さん、お仕事もう終わったの？」

声を潜めて友だちのユウコちゃんに尋ねると、

「何言ってるの？　仕事って終わるのは5時とか6時なんだよ」

と、当たり前のことのようにユウコちゃんは言った。私はとてもびっくりした。父の帰りが遅いのは、ずっと働いているからだと思っていたのだ。父は年がら年中「仕事が大変だ」と口にして、私に肩を揉むよう命じていた。私は父の大きな肩を揉みながら、夜遅くまで仕事をしているお父さんは偉いのだと思っていた。だから、父が仕事を夕方には終えているというのは信じられない事実だった。

「仕事って夕方には終わるんでしょ？　お父さんは一体何してるんだろうね」

17 父も犠牲者だったのか？

晩御飯がすんだ後、テレビを見ながら母に話しかける。

「女とでも会ってるんじゃない」

母はそんなことを口にした。私は驚いて母を見た。母はピクリとも笑っていなかった。思えば、私の母はまったく笑わなかった。感情がないのかと思うことがよくある。思えば、父に殴られるときでも、あまり激しく泣いたり怒ったりはしない。黙って耐えていることが多かった。その母の口から出た、父の不貞。母は何かを知っているのだろうか。

思えば父は男のくせに、見た目を非常に気にしていた。腹筋を年中していて、お腹が出ないように気をつけていたし、肌を焼くのにハマって、団地のベランダにアルミの敷物を敷いて、寝ていたこともある。

父は女遊びが好きだった。

小学生のとき、唐突に父は言った。

「エリコ、スナック行くか」

私はびっくりして父を見た。

「何言ってるのよ。そんなとこ、子どもが行くところじゃないでしょ」

母は冷たく言い放った。

「いいじゃないか、社会勉強だ。行くだろ、エリコ」

私は父と母を見比べた。父は笑顔で私の返答を待っている。スナックに行かないと言ったら、父は機嫌を悪くするかもしれない。そして、父の機嫌が悪くなったら、迷惑するのは母だ。瞬時にそう考えて、スナックに行くことにした。

「スナック、行くよ」

私がそう言うと、母は止めた。

「何言ってるのよ、エリちゃん」

しかし、父はにこやかだった。

「さすがエリコだな。よし、行くか！」

そう言って上着を羽織って出かける準備をする。

「ダメよ、行っちゃダメ！」

父と一緒に玄関に出る私を母が止める。

「行かないで、エリちゃん……！」

いつもと様子の違う母に、私はビックリした。ここまで母が止めるということはスナックというところはそうとうマズイところなのだろうか。

17　父も犠牲者だったのか？

「うるさい女だな。社会勉強だ！」

父はそう言って私の手を引っ張る。私はモヤモヤした気持ちのまま父と一緒に団地の階段を駆け下りた。

スナックはいつも歩いている通学路の途中にあった。明かりのついている看板の横にあるドアを開けると、中から女の人が出てきた。

「いらっしゃい。あら、娘さん？」

知らない女の人が私を見てそう言った。私は何も言わずに頷いた。お店の奥に入ると、父はビールを頼んで、カラオケの方に向かった。

「何飲む？　コーラでいい？」

女の人から聞かれて、頷いた。店内は薄暗くて、父以外にも何人かのおじさんがいて、お酒を飲んでいた。お店だけど、誰かの家みたいな感じだった。店の奥の方で父は機嫌よくカラオケを歌っている。

「はい」

そう言って、女の人は瓶に入ったコーラとコップをテーブルに置く。私はコーラをコップに注ぎながら、周りを見渡した。壁には裸の女の人のポスターが貼られていて恥ずかしくなって目を離した。

喫茶店でもないし、レストランでもない。居酒屋とも違う。私がおどおどしていると、女の人が私の前の椅子に座った。

「お嬢ちゃん、年はいくつ?」

気だるそうに女の人が尋ねてくる。

「十歳です」

私はどこを見たらいいのかわからなくて、グラスの中ではじける炭酸の泡を見ていた。女の人は少し顔を横に向けて、タバコに火をつけた。

ゆっくりと煙を吐き出しながら、

「そう」

とだけ言った。私は本当にこの店がなんの店なのか分からなかった。大人になって、このときの店がスナックだったと知った。スナックは小学生を連れていく店ではない。やはり、父は最低だと思う。

中学生のときにはおかしな事件も起きた。夜に家でテレビを見ていたとき、電話が鳴ったので出ると、父が泣いていた。

「どうしたの、お父さん」

私がびっくりして話しかけると父は、「お母さんを出してくれ」と言った。これは何かの非常事態だと思い、母に受話器を渡す。そして、家の電話をスピーカーフォンにした。最近買い換えたばかりの電話機には留守番電話機能がついていて、小さなカセットテープがあり、留守番電話の声以外に会話も録音できるようになっていたので、ついでに録音もすることにした。

「うっ、うっ。今まですまなかった……。俺にはお前だけだ」

父は涙声で話し出す。母は極めて冷静に言葉をつなぐ。

「女に振られたの？」

私ははっきりとモノを言う母に少しギョッとした。

「うっ……。うっ……」

父は無言で泣いていた。それが答えなのだろう。私は冷静な母の横で爆笑していた。父親の失恋に立ち会うことは人生でなかなかない。

「もう、今日はとっとと帰ってきなさいよ」

母が諭す。

「すまなかった……。許してくれ」

父は母に懇願している。呆れている母の横で、私は笑いが止まらない。

「いいから早く帰ってきなさい！　今日は歩いて帰ってくるのよ」

いつもは父のいいなりになっている母だが、今日ばかりは強く出た。

父はしばらくして家に帰ってきた。かなり憔悴していて、無言のままスーツを脱ぐ。浮気の詳細が気になるが、さすがに聞けないので、そっとしておいた。母も細かいことを聞き出すことはせず、いつも通りにしていた。

父が振られてから、またいつも通りの日常が始まる。昨日のことなど、なかったかのようにいつも通りに食事をして、皆、家を出て会社や学校に行く。しばらくすると、父はまたいつもの横暴な父に戻った。酔っ払って大声を出し、母を怒鳴りつける。私はその度に、父が浮気した日の電話を再生した。電話機本体から父の声が流れる。

「今まですまなかった……。俺にはお前だけだ」

私は笑いながら父が狼狽する様子を楽しむ。さすがの父もこれを流されると怒るのをやめる。しかし、父が怒る度に、何回も流していたら、父が逆上してカセットテープを電話機から引っ張り出し、テープを引っ張ってしまった。

「わあああ〜〜〜〜。もったいない！」

この世で一つしかない父の弱みがぐちゃぐちゃになってしまった。父はカセッかった。

トテープを床に投げつけた。しかし、父がこれくらいで浮気をやめることはな

中学からの友だちに凛子ちゃんという子がいた。私はその子と同じ高校に通っていた。凛子ちゃんと私はとても仲が良く、高校生になってからも、よくおしゃべりをしていた。

「私さー、駅前の居酒屋でバイトしてるんだけど、この間、エリコちゃんのお父さんが、知らない女の人と来てたよ」

凛子ちゃんは父の浮気の最新情報を教えてくれた。

「えー、そっか。うちのお父さんよく浮気するからね。別に珍しいことじゃないよ」

私はそう答えたが、それなりにショックだったし、浮気をするなら、都内とか遠いところでしてくれと思った。

父が何人と浮気をしていたのかは定かではない。正直、見つかってないものもかなり多い気がする。浮気ではないが、スナックやフィリピンパブなんかにも、よく行っていたようだ。ある日突然、父が母に金のブレスレットをプレゼントし

てくれた。母は喜んだが、それと同時に何か思い当たる節があったのか、父のスーツの胸ポケットを物色したら、結果としてレシートが出てきて、それを見たら、父は同じものを三つ買っていた。母が問い詰めると「プレゼントくらいやらないと、店の女に悪いだろ」などと開き直った。母にもプレゼントしたのは、父の罪悪感によるものかもしれないが、妻と店の女にあげるものが同じというのは妻をバカにしてやいないだろうか。

私は年末だけ母の住む実家に帰る。父と離婚してからの母との会話はだいたい父の悪口になり、私が知らなかった父の話を母がしてくれる。

「お父さん二十年付き合ってた女がいたのよね。別れるときの慰謝料、払えなくて妹に借りたらしいわよ」

母から聞かされる父の情報はかなりのものだった。

「二十年って、長すぎない？　私が何歳の頃に付き合ってたんだろう。ねえ、慰謝料っていくら？」

私が興味津々で母に尋ねる。

「二百万円だったかな」

母はこともなげに言う。

「ひえ〜。二百万。いや、でも独身の女の二十年を奪ったんだから、高くもないか。でも、お父さんいい年なのに、二百万持ってないのかよ」

私はなんとなく愉快で笑ってしまう。

「お父さん、一時期、競艇場で肉巻きおにぎり屋さんをやるって言ってたじゃない。あれ、その女に手伝ってもらおうとしてたらしいわよ」

母はどんどん新しい情報をくれる。

「なんて言うか、お父さんて女に甘えきってるよね」

娘の私も呆れてものが言えない。愛人に自分の店を手伝ってもらおうなんて、何を考えているのか。

「やりたいように生きたんだから、あの人は幸せよね」

母と私はいつもこの結論に行き着く。

しかし、父は今、妻と離婚し、子どもにも会うことはなくなり、自分の妹と二人暮らしだ。兄も父には呆れているらしく、ほとんど会っていないし、私も父には十年以上会っていない。父は自分が作った家族とはほぼ絶縁状態に陥っている。やりたいようにやった報いなのだろうか。

母から聞いた話だと、父方の祖父もかなりめちゃくちゃだったらしい。私の中の祖父のイメージはいいものだったのでびっくりした。酒を飲んで暴れていたらしく、祖母は苦労したそうだ。もしかしたら、浮気もしていたかもしれない。家族関係の本を読むと、夫が妻を殴る家庭で育った子どもは、自分が大人になるとやはり妻を殴るらしい。そういうことを知ると、父も何らかの形で犠牲者だったのかもしれない。子どもが夫婦間の暴力を目にすることは眼前ＤＶといい、子どもにとって暴力に当たる。

幼い頃、傷ついた父は、傷を負ったまま大人になり、自分が作った家庭では加害者になった。そんな家庭で育った私は自己評価が低く、他人を信じることができない人間になった。家族の歴史はそうやって繰り返されていく。

私は浮気をする父と、殴られる母を見て、自分は決して結婚するものかと決意していた。十代の頃は、結婚して家庭を作ったら終わりなのだと信じていた。この負の連鎖は私の代で終わらせるのだと一人で心に誓っていたはずなのだが。

18 解散した家族

今日はえりこちゃんの子どものアーちゃんとお出かけをすることになっている。

「先輩ー！　お待たせ」

えりこちゃんに連れられてやってきたアーちゃんは、ミッキーマウスのシャツにライダースと、子どもなのに大人っぽい格好をしている。

「アーちゃん、今日をすごく楽しみにしていたんだって。今日はよろしくね」

えりこちゃんからアーちゃんをキャッチして、改札をくぐりホームに向かう。

「今日はね、一緒にお洋服を買って、そのあとはアイスクリームを食べて、サンリオのお店に行ったら、『トイザらス』だよ」

私の腰のあたりまでしかないアーちゃんにそうやって話しかける。

「アーちゃん、『H＆M』に行きたい！」

幼いアーちゃんは元気な声でそう言う。私はウンウンと頷いて、「じゃあ、一緒に行こうね」と答える。

家庭など持ちたくない、そう考えていた私だが、子どもが嫌いなわけではない。ただ、自分の子どもは持ちたくない。大嫌いな自分に生き写しの人間を愛する自信は毛頭ない。私がアーちゃんを好きなのは、自分とは血が繋がっていないからだ。アーちゃんの中に自分の姿を見ることは決してない。私は自分の血を憎んでいるのだと思う。

では、私はなぜ、人の子どもがこんなにも好きなのだろう。それはきっと、自分が子どもの頃に与えられなかったものを与えることができるからだ。私は幼い頃、こんな風に洋服を買いに行くために出かけたことはほとんどなかった。母が特売で買ってきた洋服を押し黙って着るだけで、自分でどの洋服がいいかなど選ぶ自由はなかった。

昔、父と出かけたときに、着ていた服を汚してしまって着替えが必要になったことがあった。父はデパートに入って、私に服を選ぶように言った。デパートの洋服は母が買ってくるものと違って素敵な服ばかりだった。私はその中からセーラーカラーの水色のワンピースを選んだ。多分、一万円くらいした。それを着て帰ると、母は最初褒めてくれたが、値段を聞いた途端、顔色が変わった。「そんな高い服を買って」そうやって怒った。私はなんだか自分がひどいことをしてしまった気がして、ワンピースを着ることができなくなった。それに、普段着ている洋服との作りの差がありすぎて学校に着ていくのが恥ずかしかった。母はしばらく経ってからもブツブツと水色のワンピースについて文句を言った。

私がアーちゃんに好きな洋服を買ってやるのは、好きなものを買ってもらえなかった過去の自分への供養だ。

新宿の「H&M」に着いて、子ども服売り場へ向かう。私が子どもの頃は洋服がずいぶん高かった気がするが、最近の洋服はずいぶん安くなった。

「アーちゃん、どれがいい？　このユニコーンとか可愛くない？」

「H&M」の洋服はポップでデザインが洗練されたものが多くて、大人でも目移りする。

「このさくらんぼのがいい！」

アーちゃんはいつも着ているのとは違って、子どもっぽい柄を選んだ。アーちゃんのお母さんはお洒落で、子どもの洋服も大人っぽいデザインのものを着せているので、さくらんぼはちょっと怒られるかもと思ったけど、アーちゃん本人がとても気に入っているので、それを買うことにした。ついでに、赤のチェックのスカートも買った。

「さくらんぼのと、このスカートを合わせるとクリスマスみたい」

アーちゃんは無邪気に笑った。

「今年はサンタさん、何をくれるかね」

そうやってアーちゃんに尋ねている自分にはクリスマスにサンタが来たことがない。理由はわからないけれど、私のうちでは、親がサンタになって子どもにプレゼントをあげるということをしてくれなかった。クリスマスプレゼントはもらっていたけれど、サンタというおとぎ話の存在はないものにされていた。

学校で、クラスメイトが「サンタさんはいるのか、いないのか」という話をするとき、私はいつもイラついていた。「サンタはいない」と言う私に向かって、本気で怒るクラスメイトもいた。私は相手を怒らせながら、心の中は悲しい気持ちでいっぱいだった。サンタが来る家なんて、幸せに決まっているじゃないか。親から手厚く愛されているあんたなんかに、私の気持ちがわかるものか。そうやって唇を噛んでいた。

そうはいっても、私の記憶はそんなことばかりでもない。二十代の頃から引きこもっていた私が三十歳で家を出て一人暮らしをしたとき、母親はずいぶん心配していた。風邪をひいて寝込んでいるとメールで伝えると、野菜や果物を持って現れることもあった。けれど、私は「もうそんなことはしないでくれ」と母に伝えた。引きこもりになって、母が優しくしてくれる行為は、私にとって毒だった。母の愛は私から生活する力を奪っていくのだ。

父も一人暮らしをした私のことが気になっていたらしく、一人暮らしを始めて、半年くらい経ったとき、突然、連絡がきた。

「エリコ、お母さんから住所を聞いて、すぐそばまで来ているんだ」

私はとてもびっくりした。私が二十代のときから父と母は別居をしていて、母と暮らしていた私は父に会うことがほとんどなかった。本当に久しぶりだった。けれど、素直に喜べない自分がいた。

確かに今、私は千葉のボロボロのアパートで一人暮らしをしているけれど、職にはついていない。精神科に通院するだけの毎日を送っているのだ。私はこの頃、就労したくてもできない自分の状況に苛立ち、自分の人生が最低なのは親のせいだと考えていた。行きたい大学を反対され、好きなものを買ってもらったりすることもなく、子どもの頃は両親の激しい喧嘩に耐えていた。働き盛りの年齢になっても仕事に就くことができないのは、私の育ちに原因があるのだと信じていた。私が今、こんなみすぼらしい最低の人生を送っているのは他ならぬ父のせいだ。

「お父さんに会いたくない」

小さな声だけれど、はっきりと私は自分の意思を告げた。

「なんでだ？　もうそこまで来てるぞ。さっきスーパーでつまみと酒も買ってきたばかりだぞ」

「もう、お父さんには二度と会いたくないの。帰って」

低く、けれど、しっかりと私は言った。正直、笑って父と話ができるとも思えなかった。もう昔のように、映画や本の話で盛り上がることは不可能だと思う。私は人生に失敗したのだ。就職も結婚もできない私は人として終わっているのだ。

「わかった。エリコがそう言うなら帰るよ。ただ、スーパーで買ったものがもったいないから、それだけ渡していいか」

電話が終わった後、待ち合わせ場所に現れた父は相変わらず、よれたトレーナーを着て形の悪いスラックスを穿いていた。

「元気でやれよ」

そう言う父からスーパーの袋を渡される。ずしっと重いので、何が入っているかと見てみたら、ペットボトルの大きな焼酎が入っていた。娘の家で、どれだけ飲むつもりだったのだろうか。

「じゃあね」

父の顔をまともに見ることができない。父に対しての怒りというより、きちんとした人生を送れなかったことに対しての申し訳なさがあった。父だって、娘が不幸せで嬉しいはずがない。仕事で活躍したり、結婚して子どもがいた方が、嬉しかっただろう。

結局、私の人生が失敗したのは、誰の責任なのかわからない。もしかしたら、誰の責任でもないのかもしれない。ただ、私は親のせいにしたかった。それは、私の甘えだ。

家に帰り、スーパーの袋を開ける。千葉のアパートで一人暮らしをしてから、あまり贅沢をしていないので、少し、嬉しかった。出てきたのは茹でたホタルイカやフグの皮を茹でたやつ、さきいかなんかだった。

「相変わらず、渋いものばかり食べているよな。しかし、これはなんだよ」

1・5リットルの焼酎のペットボトルは見たことはあるけれど、さすがに買ったことはない。私の中では、酒の味がわからないアル中が飲むものだと思っている。

「お父さん、酒にはうるさかったのに、こんな安酒飲んでんのかな」

父も歳をとって、あまり裕福とは言えない生活をしていたのだろう。ペットボトルの蓋をねじり、コップに注いで、氷と水を入れる。口をつけると、強いアルコールの匂いが鼻をくすぐった。


私が父と絶縁したのはそれから一年後だった。父と最後に会った後、通院していたクリニックのスタッフがすすめたので、私は生活保護を受けることになった。それからしばらくして、千葉の安アパートで私は自殺を図った。理由は、この先に良い未来が望めないからというものだった。毎月決まった金額のお金はもらえても、それは同時に外の世界とのつながりを絶たれたようなものだった。一人でこのアパートであと何十年も生きなければならないと思ったとき、絶望から逃げるには死ぬしかないと思った。

大量の薬を飲んだ私は病院に搬送されて、人工透析を何回も受けた。父と母も来てくれて、管だらけの私のことを不安そうに見ていた。私は「もうしません、ごめんなさい」と機械のように繰り返した。私が自殺するたびに病院に呼ばれる両親はかわいそうだった。そして、こうでもしないと両親に会う理由を見いだせない私は不憫な子だったと思う。両親が揃った姿を見たのはこのときが最後になる。私の病と自殺未遂は、両親をつなぐ唯一の糸だったのだ。

病院での処置が終わり、一人暮らしのアパートでなく、母の住む茨城の実家に一時的に帰宅した。体力が落ちていて息をするのも大変だった。そして、私は深く絶望して、生きる気力をなくしていた。

「エリコ、調子はどうだ」

父が叔母の家からやってきて、私の体調を心配していた。しかし、素直に応じる気になれない。

「私が病気になって、人生がこんなになったのは、お父さんのせいだよ。お父さんがもうちょっとまともな人だったら、私はこんなになったりしなかった」

私は父に向かって暴言を吐いた。

「なんだって！　お前は親に向かってなんて口を利くんだ！」

短気な父はすぐに頭に血がのぼる。

「酒ばかり飲んで、暴れて家族に迷惑かけるし、私の行きたい学校にも行かせてくれなかった。塾や習い事だってほとんどさせてもらってない。やりたいことを全然させてもらえなかった」

私の頭の中には過去の恨みが噴出していた。

「お父さんみたいなロクデナシの人間は、家庭なんて持つべきじゃなかったんだよ」

私がそう吐き捨てると、父の顔がタコのように赤くなった。

「なんだって！　お前は誰のおかげで生活保護が受けられたと思っているんだ。俺がサインをしてやったからだぞ！」

父が早口でまくしたてる。私は頭の血管が切れた気がした。

「お父さんとは絶縁する！　もう二度と会わない！」

私はそう絶叫した。母は私たちの姿をオロオロ見ているだけで、何もできなかった。父はドタドタと家を出て行った。それが父の姿を見た最後だ。あれから、十年以上経っている。本当に父は連絡してこないし、私も連絡をしなかった。

その後、少しずつ、働けるようになって、元気になり、作家としてデビューしてから父の電話番号を母に聞いてかけてみたのだが、通じなかった。あの出来事で本当に終わってしまったようだった。もちろん、あの事件の後、父と母が正式に離婚したというのも関係していると思う。けれど、離婚しようが、私にとっては二人が親であることには変わりがない。でも、それは父には届いていないのだろう。離婚した父は家族が解散したと思っている。

しかし、私たちがあの狭い団地の中で過ごした事実には変わりがないし、一緒にご飯を食べたり、喧嘩したことは私の中に残っている。良い思い出もあれば、嫌な思い出もある。それらの思い出をなかったことにはしたくない。家族で行った大洗の海、母の実家のある北海道への旅行。父と行った競馬場。たくさんの映画館。私の中でそれらはまだ息をしている。私が私たり得たのは、この家族に生まれたからだ。憎んでもいるが、愛してもいる。

ふと、顔を上げて、鏡を覗き込む。鏡には父にも似ているし、母にも似ている私の顔が映っている。

「私が生きてさえいれば、家族の証は消えないかな」

父から学んだ映画や音楽。母から学んだ料理や生活の仕方。二人がいることによって、私はようやく形を成す。

立ち上がって窓を開けると、冬の風が頬を撫でる。クリスマスにはとびきり素敵なものを自分にプレゼントしようと思った。

19

家族以外の安心できる場所

私が家族と過ごした場所は茨城県の南の方にある小さな街だ。利根川の河口があり、カップラーメン工場と、キリンビール工場、キヤノンの工場がある。工場で働いていない人たちは電車に乗って東京の会社へ行く。都内で家を買えないサラリーマンは、このベッドタウンで家族と暮らしている。とは言っても、この街で一戸建てを買える人は、比較的裕福な人で、そうでない人はみんな団地に住んでいた。私の家は裕福ではなかったので、団地であった。

家賃五万五千円で部屋はリビングを入れて三つ。四人家族の私たちは狭い団地の中で肩を寄せ合って暮らしていた。けれど、当時はそれが不幸だとは思っていなかった。それが当たり前で、世の中の人はみんな私と同じような生活をしているのだと思っていた。私の世界は半径数キロ以内で収まっていて、家族と暮らすことを息がつまると感じていても、それは当たり前のことだと疑わなかった。
しかし、大人になって家を出て、一人で暮らせるようになってから、あの生活は少しおかしかったと感じる。私はもう、あのおかしい生活に戻りたくない。私の家族は異常な形態だった。今、一人で生きていることに心からホッとする。

「十二時に取手駅の改札で」

電車に揺られながら、ラインでメッセージを打つ相手は、二ヶ月前から付き合っている恋人である。彼は私が一日店長をイベントバー・エデンでやったときにお店に来てくれて、その後、何回か飲みに行ったりして親しくなってから交際が始まった。私より五つ年下の彼は柔和な顔をしていて、とても優しい。

「ちょっと、遅れるかも。待っててください」

彼からの返信に既読をつけると、振り向いて窓の外に目をやる。緑が多く、高い建物が少なくて、やっぱり田舎だな、と再認識する。カバンの中から本を取り出して、視線を落とす。今日はこれから取手の競輪場に彼氏と行ってくる。父と何回も行った競輪場にもう一度行ってみたいと伝えたら付き合ってくれることになった。

取手には幼稚園の頃から二十歳くらいまで住んでいたので、約二十年くらいいた。懐かしい取手駅は、閑散としていて、あまり人気がない。立派だった駅ビルは店の名前が変わり、当時はなかった色々なテナントが入っていて、元の面影はない。私が絵を描くために何回も通っていた画材屋さんもなくなっていた。駅前だというのに、テナントが入らないビルもあり、この街から人が去って行ってしまったのだなと実感する。同級生達ももう、この街を離れて東京で暮らしているのかもしれない。周囲を見渡してから改札に向かうと、彼氏の魚住さんがやってきた。

「早く！　早く！　バスが出ちゃう！」

駅前から競輪場に行く無料のバスが出ているのだ。魚住さんを急きたてて、階段を下りる。しかし、バスは行ってしまったみたいで、キヤノンの工場行きのバスが来てしまった。

「歩きでも行けるから歩こうか」

スマホでマップのアプリを立ち上げて、競輪場へ向かって歩く。今日はレースも行われているので、二人で競輪を楽しむつもりでいる。

十分ほど歩くと坂道があり、「取手競輪場へようこそ！」の看板が見えた。マスコットのウサギのキャラクターが自転車に乗って描かれている。写真を撮りながら看板をくぐり、競輪場へ向かう。入場料は無料だった。

「昔は有料だったような気がしたけどな。お父さん、二百円くらい払ってた気がする。私は子どもだったから『たべっ子どうぶつ』をもらえて嬉しかったんだよね」

そんな話を魚住さんにしながら、競輪場内に足を踏み入れる。

「あれ、人いなくない？　今日、レースやってるよね？」

周りにはびっくりするくらい人がいない。競輪新聞を売っているおばあさんとお客さんと思しきおじさんが数人いるだけだ。

「うーん、レースがなくて、券を売っているだけなのかな」

そう言いながら、目の前のレース場に入るために階段を登る。昔、車券を買う場所だった販売の窓がたくさん並んでいるのだが、すべて閉まっている。

「えー、どうなってるんだろう」

そう言いながら、もう一段階段を登ると、レース場の芝生が見えた。目の前が開けて、大きなトラックの上を、自転車が風を切って走っているのが目に入った。

「あ！　レースやってるじゃん！」

私が声をあげると、魚住さんも嬉しそうに声をあげた。

「やっててよかったね」

レースはやっているけれど、観覧席はガラガラで、ほとんど人がいない。

「昔は、もっとたくさん人がいて、すごく賑やかなところだったのにな……」

競輪場のあまりの変貌に少し落ち込んでしまう。昔は足元にはずれ車券がたくさん散らばっていて汚かったのに、それすらもない。レースのときに声をあげるおじさんも少なくて、熱気もない。それでもせっかく来たのだからと、競輪新聞を買って、二人で車券を買いに行った。人がまばらだった競輪場だが、車券売り場のあたりは賑わっていた。電光掲示板でオッズを見るのだけれど、あまりよく分からない。

「ねえ、魚住さん、わかる？」オッズの見方は子どものときからわからないままだ。

「わからん」

電光掲示板を見上げながら尋ねると、
と一言返ってきた。

「お嬢ちゃん、これ見るといいよ」

声がしたので振り返ると、長いレシートのようなものを持ったおじさんがいた。

「あの機械で、オッズが全部出るようになってるんだ。やるよ」

おじさんはニコニコしながらオッズが書いてあるレシートをくれた。礼を言って受け取り、車券を買うために、マークシートの紙を取り上げる。

「連単、複単ってどういう意味なの？」

子どもの頃は、父に教えてもらいながらだったので買うことができたが、大人になった今、買うことができない自分に呆然としてしまう。

「連単は確か、順番通りに入らないと当たりじゃないんじゃないのかな」

魚住さんの方が私より詳しい。

「じゃあ、これは？」

三連複を指さして、魚住さんに尋ねる。

「うーん、ちょっと競輪場の人に聞いてみようか」

ちょうど目の前にカウンターがあり、制服を着たお姉さんが立っていた。マークシートを手にして尋ねてみると、後ろの方から男性が出てきて、買い方を丁寧に教えてくれた。昔はこんなカウンターはなかったと思う。きっと、お客さんが減ってきたので、私たちのような新規のお客さんのために設置したのだろう。

買い方がわかったので、新聞を見ながら、予想をするのだが、せっかくなので、今度出る自分の本の発売日の券を買うことにした。17日発売だから、1-7にしよう。鉛筆でマークを塗りつぶし、魚住さんの方を見ると、友だちが買えという番号を律儀に買っていた。昔は車券を買うときは、窓口のお姉さんにお金を手渡ししていたが、今は自動券売機になっている。そして、昔、予想を売っていた予想屋のおじさんはどこにもいなかった。

「予想屋のおじさん、ちゃんと元気でいるかな」

あたりを見回しながらポツリと呟く。

「レース、そろそろ始まるよ」

魚住さんの声が私を呼ぶ。階段を登り、観客席へと向かう。

大きな広いレース場は昔のままで、競輪選手も昔と同じように立派な太ももをして鮮やかなユニフォームを着て自転車に乗っていた。一周目はお互いの動きを見るかのように、ゆっくりと動き出す。白、黒、赤、青、オレンジ、ピンク。鮮やかな色をまとった選手たちが緑の芝生を背にグレーのトラックを走り出す。滑らかな走りは昔とまったく変わっていない。ほとんど音を立てることなく、静かに自転車は走り出す。一周、二周と回り、しばらくすると鐘がなった。あと一周ということらしい。今まで守っていた列が乱れ、後方から追い上げてくるものもいれば、徐々に落ちていく先頭のものもいる。静かだった競輪場では、おじさんたちが声をあげ始めた。

「いけー！　何やってんだ！」

声援というより、怒声に近い。自分の金を託しているので、オリンピックみたいに爽やかな応援にはどうしてもならないのが競輪だ。私は百円しかかけていないが、それでも、心が騒ぐ。

「あー、ダメだ。どんどん後ろになっちゃった」

私が買った選手は、最初は前方にいたが、徐々に後方に下がってしまって、三位以内に入らなかった。

「魚住さんはどうだった？」

私が尋ねると、

「どれもダメだった」

三百円買っている彼も、まったくダメだった。

「新聞で評判のいいのが確実にくるわけでもないし、予想って言っても、どうやってやればいいのかわからないよね」

私が文句を言うと、魚住さんが答える。

「僕もあんまり競輪とかやらないからなあ。ねえ、ご飯食べない？」

車券を買いに行く途中に食堂があって、実に良さそうだったのだ。

「行こう行こう！」

私も賛成する。

観覧席の下にある食堂は雑多な感じがして、実に面白い。手書きのメニューが所狭しと並び、どれも美味しそうだ。ラーメン、高菜チャーハンにモツ煮定食。カツ丼の横には「必勝！」なんて書いてある。

『連勝亭』はないのかな」

子どもの頃、父と一緒に来たラーメン屋の「連勝亭」はどこにもなかった。父が「一番美味い」と言っていたラーメン屋だ。私はそこにあったものがなくなった悲しさを噛み締めながら、時の流れを感じた。

「私、カツ丼にする」

私が言うと、

「僕はラーメンかな」

と魚住さんが言った。

お店のおじさんにメニューを伝えて、綺麗とは言えないテーブルに座る。

「握り寿司できました！」

お店のおかみさんが威勢よく声を上げる。プラスチックのケースにマグロの握り寿司が三貫二百円で売られていた。

「すごくない？　握り寿司があんな感じで売られるの」

私は思わずにやけてしまう。私はここのこういうわい雑さが好きなのだ。カツコイイの真逆にあるこの場所は、私の中で大切な場所だ。

出てきたカツ丼は薄味で、卵も半熟でちょうどよかった。

「めちゃくちゃ美味しい」

私はガツガツとカツ丼を頬張る。本当に美味しかった。

「ここ、お酒売ってないんだね」

魚住さんは悲しそうな顔でスマホを見ている。魚住さんは競輪場で酒を飲むのを楽しみにしていたのだが、取手競輪場は日本の競輪場で唯一酒を提供していない競輪場らしい。

「なんか昔、暴力事件でもあったんじゃない？」

私はアハハと笑いながら、答える。

「今度さ、中山競馬場にも行こうよ。あそこならお酒あるんじゃない？」

私が言うと、

「そうだね。大きいレースのときとか行ってみよう」

魚住さんもラーメンをすすりながら答える。

二人して、お腹がいっぱいになり、もう一度、車券を買いに行くが、結局当たらないままだった。3レース挑戦して、一度も当たらないので、帰ろうかと言うことになった。

「こんなの当たるなんて、奇跡でも起きなきゃ無理だよ！」

私は外れ車券を握りしめながら、がなる。

「まあ、当たったら、ハマって抜け出せなくなるから、よかったんじゃない」

魚住さんがニコニコしながら答える。

競輪場のコースを眺めながら、私は競輪がまったく面白くなかったことが悲しかった。初めて自分の意思で来たのに、ちっとも興奮せず、興味が湧かない。父が毎週のように訪れ、テレビ中継まで見ていたのに、その良さがわからない。そう言えば、父はボクシングも好きだったけど、あれも私には分からなかった。私と父はなんだかんだ言って、違う人間なのだ。好みの対象が似ている部分が多いと思ったけれど、そうでもなかったのかもしれない。

「この後、北千住行くでしょ？」

魚住さんが私に確認してくる。魚住さんはお酒が好きで、特に大衆居酒屋とかの安いところが大好きだ。北千住にはそういう店が多い。

「もちろん行くよ」

魚住さんの手を握り、駅に向かう。魚住さんと私は趣味が似ている。好きなお酒も、好きな本も、好きな音楽も。父よりも魚住さんとの方が理解し合えるものが多い。そして、何より、一緒にいてとても安心する。本当の家族というものは家の中にいるのではなく、外にいるのかも知れない。

20 新しい家族をつくればいい

最近、「家族」や「家父長制」といったテーマの本をよく読む。自分がとらわれてきたものがなんだったのか答えを知りたいと思ってのことだ。

近代の家族の歴史は意外に浅く、百年も経っていないそうだ。昔はそんなに裕福でない家にも女中がいたし、自分の家の子どもを奉公に出すことも普通にあった。昔は家の中に他人が入り込んでいるのが当たり前だったけれど、近代は血縁の者以外は家の中にいない。父親を頂点とし、戸籍を作り、血のつながったものだけで暮らすというシステムができあがったばかりだと知ると、核家族というものはもしかして不安定なものなのではないかと思ってしまう。

「家父長制」という言葉がある。父親を頂点とした家族のことを指す言葉で、男尊女卑の原点になっているものだ。父親は金を稼ぎ、母親は家事を担う。妻は夫が外で働いてお金を稼ぐために、快適な環境を用意し続けなければならない。けれど、家事育児がまるで女の仕事のようになっている現実が私は受け入れられない。本当は夫婦が共同して行うものだと私は考えている。そして、女も外で働かないといけないと思う。

現代は夫婦共働きが増えてきてはいるが、専業主婦の人もまだたくさんいる。しかし、女も自分で稼がないと、いざというときに何もできない。夫に暴力を振るわれたって先立つものがなければ家から逃げ出すことはできないし、逃げ出したとしても、その先食べていく手立てがない。

日本の主婦は法的に厚く守られているという。働いて稼ぐとしても夫の扶養の範囲内で稼いだ方が税金的にも得であるし、働く夫の妻というだけで、国民年金や健康保険にも入れる。そういった制度が逆に女の生き方を狭めていると本で読んだ。

けれど、私の母の時代は結婚するのが当たり前の時代であった。自分で働いて自分の人生を生きている女性は世の中にまだ少なくて、ほとんどの人が結婚して家庭に入っていった。

一般的に結婚は喜ぶべきことであるとされているが、私はそれを非常に疑っている。誰かと暮らすのはストレスのかかることであるし、日本の家族制度では基本的に妻は夫の家の戸籍に入る。女は自分の姓を捨て、他人の家の人間にならなければならない。女に得なことはほとんどないと感じるが、それでも結婚をしない女は一人前でないという風潮は今でもあると私は感じる。

父には十年以上会っていないし、兄とも同じくらい会っていない。

兄には娘と息子がいるが、まったく会っていない。息子が赤ん坊のとき、一度抱かせてもらっただけで、それ以降連絡を取っていないので、兄の娘と息子は私の存在を知らないだろう。

母とは一年に一回くらい会うようにしているのだが、最近、会うのがしんどくなってきてしまった。母に感謝しなければと思い、誕生日にプレゼントを買ってあげたり、お正月に実家に帰ったりしていたが、私の中では子どもの頃に母に愛されなかった思いや、兄の暴力から守ってくれなかったことが思い出されてしまって、居心地の悪さを感じてしまう。

母は最近、私の作家としての活動を応援してくれて、褒めてくれるのだが、私はそれを嬉しいと思うことができない。私は母に子どもの頃に褒めてもらいたかったのだ。母と密着し、自分の価値を母に委ねていた頃に認めてもらいたかった。

今、母に褒めてもらっても嬉しくないのは、母以外に私の存在を認めてくれる人が増えたからだと思う。そして、自分が年齢を重ねるにつれ、母や父の存在がどんどん小さくなっていくのを感じる。

私の周囲には面白い人が多い。文章を書いてお金をもらっている人や、立派な地位の職業についている人、そうでなくても趣味や知識が豊富な友人が多い。その人たちは口々にこう言ってくれる。

「エリコさんは面白い」

「エリコさんは才能がある」

「誰々さんはエリコさんのこと、天才だと言っていたよ」

私が欲しかった言葉をくれて、私の存在を認めてくれる。どうしても寂しいときは連絡をすれば一緒に食事をしたり、お酒を飲んでくれたりする。

また、自分が精神疾患を経験しているので、家族に患者が出たときや、自分自身が精神的に不安定だという友だちから相談されることが増えた。そう思うと自分が精神を病んだことも無駄ではないし、助け合える友だちが増えたことで私は随分生きやすくなった。

今の私には父も母も兄もいらない。たくさんの友だちがいれば生きていける。それはまるで大きな家族のようでもある。

家族だけに頼り、依存していた子ども時代、私は孤独であったし、愛に飢えていた。けれど、依存先の増えた今、孤独を癒す術が随分増えた。私は今、一人で生きているけれど、家族と一緒に暮らしていたときより孤独じゃない。

今日は十二月二十八日の土曜日。昨日、職場の仕事納めがあった。今日はいつもより少し遅く起きて、シャワーを浴びた後、洗濯機をゴウンゴウンと回した。汗で湿った布団をベランダに干し、洗濯したシーツや洋服を干すと、すぐに掃除機をかける。掃除機は実家を出るときに母と一緒に買ったもので、数千円しかしない安物だが、壊れることなく今も動いている。

洗濯物をたたむのがめんどくさいので、平日は乾いた洗濯物を部屋の隅に積み上げているが、それについて文句を言う人はいない。山積みの洗濯物から着ていく服を選ぶのが私の日常である。けれど、休日は時間があるので、山になった洗濯物に手を伸ばし、一つ一つ丁寧にたたむ。タオルや洋服をたたみながら、このたたみ方は母と一緒だなと思う。

私の家事の仕方は母とよく似ている。いつも一番身近にいた母は色々な意味で私の見本であった。トイレも便器と便座を掃除して、流せるウェットシートで周囲をきれいに拭いていく。あまり汚くないところから拭いて、最後に一番汚れているところを拭く。誰から教わったのか思い出せないけれど、きっと母から教わったのだと思う。

スマホの通知が鳴り目をやると、随分前にオークションに出品した古本が売れていた。この後、発送に行こう。ついでに本棚をのぞいて、いらない本を売ってしまおうと思い、何冊かをピックアップする。子どもの頃から本や漫画が好きで、買うのをどうしてもやめられないので、あっという間にたまってしまう。そういえば父も本や漫画が好きだった。父のお気に入りの漫画雑誌は「ビッグコミックスピリッツ」と「ビッグコミック」で、私はそれを毎週読んでいた。兄が買ってくる「ジャンプ」や「マガジン」も楽しみにして読んでいた。私の本棚には父の本棚から失敬した本が何冊かある。筒井康隆の『断筆宣言への軌跡』坂口安吾の『堕落論』芥川龍之介の『侏儒の言葉』。私の中には父が好きだった作家の思想が血肉のように詰まっている。

私の部屋にはゲーム機が二台ある。任天堂のSwitchとソニーのプレイステーション4だ。兄はゲームが大好きで、年中やっていた。妹である私は滅多にやらせてもらえなくて、兄がゲームをするのをただ黙って見ていた。その反動からか、大人になって自分でゲームを買って遊ぶようになった。家族のことは大嫌いだったけれど、今の私はあの家族がなければ形成されなかっただろうとも思う。

私が育った家族は、家という舞台で実に滑稽な家族を演じていた。観客もおらず、スポットライトもない劇場で必死に家族を演じていたが、無理がたたって壊れてしまった。勢いよく緞帳（どんちょう）は落ち、舞台は壊れ、私たちは逃げ出した。

楽しいことや嬉しいこともあったけれど、基本的には私たちの劇は悲劇であった。父の本棚にあった芥川龍之介の『侏儒の言葉』の中に、こんな一節がある。「人生の悲劇の第一幕は親子になったことにはじまっている」。本当にその通りだと思う。他者が踏み入ることができない家族という空間は支配を生み、支配が生まれると憎しみが生まれる。

父を頂点にした私たち家族は不幸であったと思う。そして芥川の言葉が好きだった父も、自分が育った家族は悲劇だったと、とらえていたのだろう。それでも父が家族をつくったのは、その運命を乗り越えたかったからかもしれない。

小学生のとき、教科書に書いてあった記述を私は今でも覚えている。「人間は自分が子どもとして育った家族の次に、大人になるともう一つの家族をつくることができる」。なんの教科だったのか覚えていないけれど、大人になれば家族を選択できるという記述を読んで、私はそこに希望を見ていた。小学校の机の上で、私は遥か未来を夢見ていた。父も母も兄もいない、私の新しい家族。私を勇気付けてくれたのは誰も想像することができない可能性に満ち溢れた未来だった。

今日は夕方から彼氏が私のアパートにやってくる。年末年始を一緒に過ごす予定だ。今年は母のいる実家には帰らない。

パソコンを立ち上げて原稿を書く。作家としてデビューして三年経った。作家というともっと華やかなものだと思っていたが、相変わらず貧乏であるし、パッとしない毎日を送っている。今年は単行本を二冊出すことができた。私にしてはよくやった方だと思う。来年はもっともっと仕事がしたい。

原稿を書いたらお腹が減ってきたので、冷蔵庫を開けてしなびた白菜と人参を取り出す。適当にザックリ切ってから、油をひいたフライパンで炒めて塩コショウをする。その間に小さな鍋で湯を沸かし、ラーメンを茹でる。茹で汁に液体スープを入れた後、バターをひとかけら入れる。麺とスープの上にさっき炒めた野菜をのせて、コタツでひとりラーメンをすする。代わり映えのしない毎日だけれど、その毎日がとても愛しい。

ラインで彼氏に連絡すると、しばらくして返事が来た。私はこの人と家族になるのだろうか、ならないのだろうか。なるとしたらどんな家族になるのだろう。

今度の劇は悲劇にならないようにしたい。

お互いをいたわり、理解し合いたい。

目の前では大勢の観客が私を見ている。私は私の生き様をしっかりと人々の目に焼きつかせる。私の仕事と人生は始まったばかりである。

さあ、幕が上がる。

あとがき

人間には自分で選ぶことができないものがあるが、その一つが「家族」である。私は自分が育った家庭が幸せであったと思えないが、不幸ばかりではなかったと考えている。

世の中の家族すべてが幸せな家族であるとは言い難い。どの家庭にも多かれ少なかれ何かしらの問題があると思っている。そして、それは本人の問題ばかりでもない。

私の父も、幼いときは祖父が戦争に行っていて、夜の仕事をする母親のもと、家では寂しい思いをして過ごしていただろうし、母親の方も自営業の家で育ち、子どもの頃は稼業の手伝いをして過ごしていた。

苦しみや悲しみは他者と比較して決まるものではなく、その当事者の感じ方によって決まる。裕福な家で生まれ育ち、文句のない育ち方をしても、死にたくなる人もいるだろう。

私は自分の家族を捨てたいと願っているけれど、それをすることが未だにできない。

捨てたと思ってもゴミ箱の中を漁り、取り出しては埃を払い、そっと引き出しにしまい込んでしまう。そして、時間が経ってからまたゴミ箱に捨てるのだ。ほとほと自分自身に嫌気が差してしまう。

これから先、父と連絡をとることはないだろうし、兄とも和解することはないと思う。その覚悟はできているが、果たしてそれが可能なのかどうか、未だに答えが出ない。このまま年月を重ね、父が亡くなったのをどこかで知ったとき、自分は大丈夫なのかと不安になるが、再会は難しいと思う。

今、付き合っている彼氏とは同棲の話が出ている。向こうの事情もあるので、少し時間がかかるかもしれないが、いつか一緒に暮らすことになると思う。

けれど、同棲するのを少し怖いと思っている自分がいる。家庭というブラックボックスの中で、何かが起こっても周囲は助けてはくれないし、外からの目も届かない。誰かと生活を共にするということは、相手に依存することであり、依存するということは自分の持っている力を失うことになる。考えすぎだと言われそうだが、離婚したくても経済的な理由で踏みとどまっている女性がいる社会の状況を鑑みると、私の考えを一蹴することもできないと思う。

けれど、今はその人の胸に飛び込み、人生を共にしていきたいと考えている。私の母や、その他の女性たちも、そうやって決断してきたのだから。

この本を書いて自分の家族の歴史を振り返るとともに、世の中の仕組みも少し見えてきた。

生きるということは一筋縄ではいかない難しい問いであり、なおかつ答えも一つではない。

ただ、それでも、与えられた「人生」という謎を解き明かしていきたい。

あの家族のもとに生まれたこと、狭い団地で肩を寄せ合って生きていたこと、それらはすべて無駄ではなく確実に意味があり、今の自分を形成している。その経験から学ぶべき課題があるはずだ。

この本を手に取ってくださって、ありがとうございました。
読者のみなさんが、この本を読んで、自分の家族にとっての課題を見つけられることを願っています。

小林エリコ

小林エリコ（こばやし・えりこ）

1977年生まれ。短大卒業後、エロ漫画雑誌の編集に携わるも自殺を図り退職、のちに精神障害者手帳を取得。現在は通院を続けながら、NPO法人で事務員として働く。

ミニコミ「精神病新聞」の発行終了後は、フリーペーパー「エリコ新聞」の刊行を続けている。また、漫画家としても活動。

自殺未遂の体験から再生までを振り返った著書『この地獄を生きるのだ』（イースト・プレス）が大きな反響を呼ぶ。

その他の著書に『わたしはなにも悪くない』（晶文社）、『生きながら十代に葬られ』（イースト・プレス）など。晶文社スクラップブックにて、「わたしがフェミニズムを知らなかった頃」連載中。

@sbsnbun
ブログ http://sbshinbun.blog.fc2.com/

家族、捨ててもいいですか？

一緒に生きていく人は自分で決める

二〇二〇年五月五日　第一刷発行

著者　小林エリコ
発行者　佐藤靖
発行所　大和書房
東京都文京区関口一－三三－四
電話：〇三－三二〇三－四五一一

装画　大津萌乃
装丁　木庭貴信＋川名亜実（オクターヴ）
本文印刷所　信毎書籍印刷
カバー印刷所　歩プロセス
製本所　小泉製本

ISBN978-4-479-39343-6

http://www.daiwashobo.co.jp